谢志强 ● 著

"新实力"中国当代散文名家书系

向经典深度致敬

河北出版传媒集团

花山文艺出版社

图书在版编目（CIP）数据

向经典深度致敬/谢志强著. —石家庄：花山文艺
出版社，2015.10（2020.9重印）
 ISBN 978-7-5511-2519-2

 Ⅰ.①向… Ⅱ.①谢… Ⅲ.①散文集－中国－当代
②随笔－作品集－中国－当代 Ⅳ.①I267

 中国版本图书馆CIP数据核字(2015)第231387号

书　　名：**向经典深度致敬**

著　　者：谢志强

责任编辑：梁　瑛

责任校对：李　伟

美术编辑：胡彤亮

出版发行：花山文艺出版社（邮政编码：050061）
　　　　　　（河北省石家庄市友谊北大街330号）

销售热线：0311-88643221/29/31/32/26

传　　真：0311-88643225

印　　刷：三河市华东印刷有限公司

经　　销：新华书店

开　　本：650×940　1/16

印　　张：14

字　　数：187千字

版　　次：2016年3月第1版
　　　　　　2020年9月第3次印刷

书　　号：ISBN 978-7-5511-2519-2

定　　价：26.00元

◆◇目录◆◇

雷蒙德·卡佛小说的能见度

雷蒙德·卡佛是少数几位我常读常新的作家。因为，他的短篇小说，禁得住阅读，耐得住阅读。甚至，随手翻开一篇，随意阅读一段，就能享受到其中卡佛式的气息和调子。我特别喜欢他那不确定、吃不准的调子。还能像他一篇《我可以看见最细小的东西》中那个主人公一样，发现夜色中的最细小的东西。

所谓少数禁得住阅读的作家，还包括卡夫卡、福克纳、马尔克斯、卡尔维诺、海明威（主要是短篇）、契诃夫、博尔赫斯。博尔赫斯说每个作家都有自己的"先驱"。先驱就是所谓的师傅。契诃夫和海明威是卡佛的师傅。

小说史不过三百年。我看小说的历史，作家对待小说的态度，一个重大的变化是视角。最初的傲慢、自信、主宰到了当代已转化为谦虚、卑微、疑惑。那傲慢是上帝看透和掌控万物的傲慢，这谦卑是作家对现实的看不透、不确定的谦卑。自然而然，俯视降为平视或仰视。这就像一个高大的大人跟矮矮的小孩对话（套近乎），降低姿态，那么就弯下腰或蹲下来。作家的傲慢，其实就是对读者的侵犯。

雷蒙德·卡佛的小说就是本能地运用平视或仰视。因为，他和小说里的小人物都有相似的境遇。有一回，一个小型的卡佛小说研讨会上，一位来自大学的教授，他是小说评论的专家，他指出卡佛的小说《冷冻》，有个情节不够真实：冰箱出了故障，这对年轻的夫妇不知如何是好，坐立不安，束手无策，而且，由此发生了"危机"。教授说："冰箱坏了，叫个修理工，出50美元，事情不就解决了？"卡佛对那位养尊处优的教授说（仿佛替小人物声辩）："你可能难以理解，我这篇小说的主人公连50美元也付不起。"

卡佛和教授的视角不同。其实，阅读小说——体会小说里人物的处境，除了生活经验，还得有怜悯之心，这就是福克纳所说的人类最重要的情感之一。

纵观小说史，还有一个重大的变化，小说这个容器不再"文以载道"。我的创作经验是，时值当代，作家一旦踏入小说的现场，就得摘掉观念的帽子，脱去理论的衣服，褪下说教的裤子，扔开思想的靴子，一心一意写好写活形象，用好用活细节。形象鲜明了，什么都包含在里边，至于思想、观念之流，让评论家去琢磨去阐释吧。正如有评论家问起海明威的小说《老人与海》的象征。海明威说："没有象征，只有一个老人，一条大鱼，一片大海。"我们确实在其中读出了象征和寓意。所以，我的看法是：小说是种不讲道理、不论是非、不讲道德的文体。

以上两点是我对当今小说的看法，引出一个问题：小说的能见度。它建立在一个前提下，因为，当代作家对现实不也是无奈吗？面对难意料、不确定、难掌控的现实，作家本身不见得比谁高明、远见，而是疑惑、疑虑重重——现实的能见度相当低。这就涉及小说的能见度。

雷蒙德·卡佛的小说，那种不确定的行为、吃不准的语调、放空了的结尾，造成了他的小说能见度相当低。

同为美国作家，欧·亨利的短篇小说能见度就相当高。欧·亨利擅长讲情节曲折、结局意外的故事。他的小说从故事的层面看，悬念、意外不断，但是，总有个"上帝"的视角俯视整个故事，明显地看出作者对情节的操控，总是精心地编织若干的意外，而且，还有个圆满的结局。整个小说，都在为意外渲染、铺垫。且不论生活中那么多连环的意外，但那个全知全能的视角代表了欧·亨利对世界的概括方式，其实，是没有意外，即作家没有疑惑。当我们被他的意外冲击之后，所有的悬念、疑惑都有了明朗的答案。

其实，作家的任务，只是提问题，不作解答。人物的困惑也是作家的困惑。欧·亨利的小说，读数篇，我能感到他的模式，所有的素材落在他那个框里，都会显现欧·亨利式的模式。因此，他进入不了一流作家的行列。他实在太自以为是。他的用力方向很明确。他的观念在"意外结局"中单一地闪现。

欧·亨利的小说和雷蒙德·卡佛的小说，最后一段，我把前者称结局，后者称结尾。结局就是封闭起来，已明朗；结尾意味着仍旧敞开，还模糊——不了了之。能见度高或低在最后一段也区别开来。这也是两位作家对现实的视角不同的结果吧？卡佛说："描述一个完善的结局是不恰当的，从某种程度上说甚至是不可能的。"

小说的能见度这个概念，取之雷蒙德·卡佛。每个作家都会有自己的小说方法。卡佛的小说方法散见于他的只言片语，我喜欢窥探作家的创作方法，当然，大多数在其小说里发现。卡佛一度兼授大学的小说写作课程。他教学的方式独特，先叫学员阅读他指定的小说，然后，学员们展开讨论。他倒像一个旁观者，偶尔，他点拨一两句，算是参与其中。为此，其他教授提出质疑：怎么能这样教学？认为他是个不称职的教授。

可见，卡佛教小说时，能见度也相当低，因为，他不提供其他教授那样能见度高的系统理论。他似乎极力隐在背后，像他的小说。他谈论小说时谈到：是什么创造出一篇小说中的张力？在一定程度上，得益于具体的语句连接在一起的方式，这组成了小说里的可见

向经典深度致敬

部分，但同样重要的是那些被省略的部分，那些被暗示的部分，那些事物平静光滑的表面下的风暴；我把不必要的运动剔除出去，我希望写那种"能见度"低的小说。

其实，这是海明威冰山理论的另一种说法。但是，卡佛在创作实践中使冰山理论获得了新意。省略、暗示降低了小说的能见度。

现在，我选了卡佛的《我可以看见最细小的东西》，作为低能见度的一个例子。标题，也能透露卡佛的模棱两可的态度。看见了就是看见了，怎么说"可以"呢？那得在怎样的条件下，通过什么方式"可以"看见呢？

此作讲了"我"（妻子）在月光下发现"最细小东西"的故事。表层几乎没有故事。如同夜色遮蔽了夜晚的事物那样，故事也隐退到小说的深处。起码，故事的能见度低。

夫妻关系，一个醒，一个睡。女主人公听见声音。丈夫的状况是：睡死过去了，喘气恐怖。她的一系列动作：躺、起、再躺、再起。这篇小说，限制在女主人公的视角里，她先是通过窗口，看见月亮（给月亮配了惨白、伤疤这类词语）。第一次看见月光下最细小的东西：绳上的衣夹。她先是想，后是推丈夫，丈夫沉睡。她又喝茶又抽烟。

读者会疑惑：深夜她无法入睡，她怎么了？或说：夫妻之间出了什么问题？卡佛的叙述如同月光一样冷静，只写一连串动作，突出月光照亮了一切。

她从屋子、院门走出。探寻响声的源头——邻居家的男人（山姆）。注意两家之间隔着的两道栅栏。后边有交代，她的丈夫与山姆曾是朋友，发生争吵后，山姆修了一排栅栏，她的丈夫跟着也修了一排。从此，友谊结束，互不往来。

本该展示反目成仇的故事，可是，卡佛中断或悬置两个男人的故事，连起因也不交代，造成小说的低能见度。只限定她在月光中穿着睡袍出来的发现——由声音寻到实体。

发现山姆拿着电筒在捉鼻涕虫——第二次看见最细小的东西。山姆竟然说鼻涕虫在侵占这里，而且他要跟它们战斗，"勉强和它们打个平手"。鼻涕虫太多，无所不在。这里体现了卡佛把握简单的小东西的惊奇特质，他能把小东西写得富有灵性。其他小说里可见，他还赋予普通物件以广阔而惊人的力量——椅子、窗帘、叉子、石头、女人的耳环。

鼻涕虫拉近了她和山姆的距离。不经意，卡佛点了一句：一架飞机从头顶上飞过。顿时，小说的空间拓展了——大了。但是，人物还专注"最细小的东西"。写细小的东西不仅仅停留在"细小"上边。鼻涕虫是人物关系的媒介，但又有独特的意味。

山姆终于问起昔日的朋友、她的丈夫。山姆抓鼻涕虫，会望她的家，他说："真希望我和克里夫再次成为朋友。"然后，有悬置，继续对付黏糊糊的鼻涕虫。重返卧室前，她表示会转告丈夫。

这篇小说，隐在的是友谊故事（通过栅栏和对话构成），显在的是孤独的故事。前为副，后为主，两个故事由月光下的"最细小的东西"融合起来，友谊的失却衬托出现在的孤独。月光使这个故事温馨、纯净了。

这一男一女在这个月光明亮的夜晚，都失眠了，而且不约而同地"看见最细小的东西"。缺失什么就寻找什么。

我把女主人公南希的行动视为寂寞。夫妻之间的故事能见度很低，因为省略了到底出了什么问题？把失却前妻的邻居山姆的行动视为孤独。寂寞是另一种孤独。

小说写了女主人公出来、回去，期间是一男一女的对话，关注的是"最细小的东西"。不过，我还是体会出背后的最巨大的东西，那就是维系人与人之间的伟大的情感。

我认同卡佛关于小说必须要写出一种紧张感的说法。能见度高的小说，譬如欧·亨利的小说，包括注重编织故事细节的小说，那种紧张体现在故事情节的层面，那是外在的紧张。而卡佛的小说是内在的紧张，它与深处的灵魂不安有关。卡佛说："在多数情况下，根本就没有故事可言。我想，这是潜流涌动的小说，最难写。"

雷蒙德·卡佛的小说冷静、客观，叙述甚至到达了冷漠的程度。但是，《大教堂》《有益的小事》出现了难得的温暖。这是他有了一段安定的婚姻期间的创作，而且戒了烟、酒。《我可以看见最细小的东西》也包括在这个时期内。相比之下，这一阶段的小说能见度稍许高了些。卡佛说过：所有我的小说都与我自己的生活有关，写作是一个建立联系的过程。什么联系？就是创作与生活的联系。卡佛是个经验型作家。

如果小说从能见度划分的话，那么，雷蒙德·卡佛的小说属于能见度低，这一类型还包括艾丽斯·门罗的小说（她的小说也有内在的紧张）。而欧·亨利、星新一的小说，属于高能见度了。我本人喜欢能见度低的小说。如果读一篇小说，一目了然，那就缺乏意味。我阅读小说，偏向接受小说的挑战。就像夜间出行，发现"最细小的东西"，因为小说总要表现一些"含混不清"的东西，作家不也置身在一个能见度低的现实里吗？某种意义上，《我可以看见最细小的东西》也是小说创作的隐喻。

一只闯入小说的白山羊
——诺奖获得者艾丽斯·门罗《逃离》读感

　　一般读者，阅读小说，只不过消遣消遣，看看热闹，而特殊读者（小说作家）阅读小说，除了钻进小说的世界躲一躲之外，还持有功利性，那就是看门道——探寻小说运行的秘密。总想进去偷一些东西（往往是小说的技巧、视角）出来。

　　2013年获得诺贝尔文学奖的加拿大作家艾丽斯·门罗，首次以专事短篇小说而获奖——破了个例，这在崇尚长篇小说的我国，简直不敢奢望。之前，她还是第一位以短篇小说获得2009年布克国际文学奖的作家，那针对的是年事已高且享有国际声誉的作家的一种肯定和弥补，考虑到她拿诺贝尔奖的概率很低。况且，她只写短篇小说。我们对短篇小说，常常认为分量不够，似乎唯有长篇小说能够体现一个作家的能耐。偏偏美国女作家莉迪亚·戴维斯以最短的短篇小说也就是小小说获得了2013年布克国际奖，她的小小说是小说的一个极端，不乏超短之作。国内称为闪小说，有的仅一段，甚至一句话，有电报式的简洁。篇幅常保持在五百字左右。那么大的奖，给了这么"小"的作品，也没有意外或奇怪。这是对崇大崇巨思维的矫正吧？

　　一般读者看艾丽斯·门罗的短篇小说，可能看不下去，因为它的节奏缓慢，叙述琐碎。它是需要足够的耐心和宁静去阅读的小说。

它的节奏和所表现的环境相当贴切。门罗生于一个小镇，而又以类似的小镇作为故事生长的地理环境。这个环境中的普通女人是她小说中的主人公。

如同加西亚·马尔克斯所有的小说都在揭示各种各样的"孤独"，帕慕克总是表现土耳其"呼愁"的灵魂，那么，艾丽斯·门罗也有她一贯的主题：逃离。各种方式的逃离。一个作家有了统率其作品的一种精神，那就标志着成熟。孤独、呼愁（另一种孤独）、逃离，是作家对人类存在的看法，是人物的生存境遇。虽然门罗写的是小镇，但是，文学的小镇因为有了一种精神，小说就有了普遍意义。它是作家的独特发现。

我曾零零星星地阅读过散落在一些杂志上的门罗的短篇小说，甚至，为了她的一篇小说，我毫不犹豫地购一本杂志。终于由翻译福克纳小说的权威李文俊翻译了门罗的小说集《逃离》，并于2009年7月悄然上市。不久后，我在打折书店看见，好像一个珍品没有人赏识，我对清闲的店主说："这是一本好书，摆在这里可惜了。"直至诺贝尔奖公布前的一个月，我还看见受冷落的《逃离》在那打折书店里，似乎像《逃离》的主人公，逃离了又返回了。

2009年9月8日，我在《逃离》的扉页即兴用笔记下我的读后感，摘录如下：毋庸置疑的经典——这是我阅读之后的判断，她的短篇使经典这个词恢复到了它的本意，它驱散了滥用经典的迷雾，真正显现出了经典的品质。一本用形象确立的经典，不必在乎经典的概念。它有传统的细腻、准确，却能抵达人物内心的深处，由此引出的人物、打开的情节就十分独特。最后，我发现，是她精心编织出的一张灵魂之网，人物落入网中——命运、宿命。有着内在灵魂的走向，表现出了门罗潜入人物心灵的超常能力。

一部经典，得禁得住阅读。不同的时间和地点，感受各异，总能有新的发现。2013年10月中旬，我想印证我几年前的印象。

首先，我关注起了这篇《逃离》中的羊。故事开始不久，那只叫弗洛拉的小小的白山羊就莫名其妙地失踪了。

《逃离》的主人公体现了门罗小说中的一种典型的逃离（逃离父母后，又逃离男友）。小说漫不经心地写了同居的她和他对租屋内外的事物截然相反的态度。这态度显示了双方的隔膜，为女主人公借助邻居贾米森太太逃离做了铺垫和渲染。这也是门罗小说的特色，琐碎的铺叙，可能隐藏着读者毫无察觉的细节，正是其中某个细节在后三分之一处发力，故事的节奏由此加快。门罗的小说细节饱满，饱满得感觉不留空隙，它影响了故事的节奏，而且，过量对人物细节的描摹，穿插着评价和判断。但是，它像一只鸟，梳理了羽毛，抖擞了翅膀，就开始飞翔，飞至小说应有的高度。

那只山羊和那个女人，同为逃离、回归，形成了相互映照，我们知道了女人逃离时的情景，而作者最终也没交代山羊失踪的原因（发生了什么情况？为何失踪？）。

我重读门罗的小说，印象是：她精确地构思完了小说，才动手用文字把它固定下来。博尔赫斯认为短篇小说像一个小岛，站在小岛的一个制高点上，能一览整个小岛。这一览就是构思。这两位作家构思的痕迹明显地表现在谋篇布局上边，都明确一篇小说展开的方向——人物朝哪儿走，怎么走？门罗总站在岛的制高点上。

我假设，如果这篇小说里没那只山羊会怎么样？

我还记得多年前艾丽斯·门罗在一次访谈录里提到这只小小的山羊。因为山羊不在她预先构思的范围内，但是，她按预定的构思，写到即将结尾的部位，她没料到，突然，一只白山羊闯入了小说。

《逃离》的中文篇幅为47页，白山羊的闯入（或归来）出现在第39页。很神秘但有意味地闯入，从而使两个敌意的人物缓和了关系。白山羊由男的抱养但与女的亲近。门罗还给白山羊的出现营造了气氛：迷雾。山羊如同夜雾的浓缩，起先像一个活动的蒲公英状的球体，演变成一个非人间般的动物。紧接着，形体清晰了：一只蹦跳着的小白羊。夜的黑与羊的白形成反差。

这是一只改变人物关系的小白羊，由此显示出象征意味。作家不必刻意追求象征，但可以通过细节、气氛营造呈现出有意味的象征或寓意。海明威的《老人与海》有象征意味，但他否定评论家这种阐述。他说：那里边没有什么象征，只是一个老人、一个大海、一条大鱼。

艾丽斯·门罗也跟她小说里的人物一样惊住了，不过，作家不是惊呆，而是惊喜。作家的写作不是期望意料不到的角色或细节不受掌控地闯入吗？即使再短的小说，作家也会为没构思到的意外闯入而惊喜。

每一个角色（包括动物），都有自己的命运。我想，门罗构思小说，像设计，建造房子，她邀请亲朋来聚会，可是，难得的是，出现一个没被邀请的对象——那只白山羊。

艾丽斯·门罗透露过小说创作的秘密，她说：我想让读者感受到的惊人之处，不是"发生了什么"，而是"发生的方式"。她还说她不在乎人物做了什么，而是在意人物怎么做。

发生的方式，怎么做，就能体现出小说的唯一性，独特性。按我们的说法，是新意。门罗所有的小说，主人公作为女性的"逃离"——有一个男女相恋的故事。这类故事不知被前人写过多少遍了，但是，她写出了新意——神来之笔。

所以，我假设，如果这篇小说里没有那只山羊，那么《逃离》仅是一个层面的女主角逃离并回归的故事而已。

正是这只突然闯入的小小白山羊使故事有了别样的意味：不确定，不可知，神秘、悬疑。而且，它使小说有了动感有了生机。

这是一种可遇而不可求的神奇。寻找的时候找不到，忽略的时候却出现。

艾丽斯·门罗的小说，时常会隐蔽着这类不确定、不可知的"小小白山羊"，只不过，发生的方式不同罢了。

我揣想门罗习惯的构思。小小的白山羊那么迟出现，门罗会反过来补救和完善白山羊存在合理性的细节。这一点，从第5页开始，白山羊失踪（似乎预示着女主人公逃离），然后，时不时地出现关于寻找白山羊的细节，把白山羊贯穿到底，形成一条线索，与人物互为映照。

门罗获诺奖的评语是：她是一位当代短篇小说大师，被称为加拿大的契诃夫。契诃夫是短篇小说的标高，他也滋养了美国简约派短篇小说高手雷蒙德·卡佛。门罗和卡佛的小说有个共同点：有像潜流一样的内在紧张，要出事，而且确实出事了，但时常不了了之。生活常常如此。门罗的小说有明显的地域性，她的小说使我想到一棵枝繁叶茂的树，有着看不见的发达的根系，深入那片土地的文化土壤（常出现民间文化促使人物怎么做），它决定着树的姿态。

向经典深度致敬

细节的能量：塑造蓬勃的姨妈群像

2010 年 12 月，我遇见了《大眼睛的女人》，我就给数位朋友推荐过了。十多个朋友，我期待他们的反应，寥寥无几。仅一两个表示了阅读的快感。可是，我还会推荐。一个千里之外的文友，久未联系，打电话来问候，最近忙什么呢？我趁机推荐《大眼睛的女人》。我这样做，有点幼稚，不过，我遇见一本好书，就会自以为是地向别人推荐，仿佛让别人分享阅读的喜悦，似乎用喜不喜欢《大眼睛的女人》来检验友谊。

《大眼睛的女人》是我认为的经典。它几乎可以说是一部小小说集。讲了三十九个大眼睛女人的故事。此书源自墨西哥女作家安赫莱斯·玛斯特尔塔的一段亲身经历，她女儿年幼时患了重病，数天昏迷不醒，为了让女儿相信自己是"世代相传的奇女子中不可或缺的一员"——值得活下去，作家在女儿的床边，讲起家庭中一群姨妈的故事，姨妈们坚强、精彩地活在故事中，故事也唤醒了病中的女儿，这是双重的奇迹。

《大眼睛的女人》最后一篇，作家假借何塞·里瓦德奈伊拉姨妈的大眼睛的女儿患重病，写了自己真实的处境：要怎么做才能让女儿有兴趣继续留在人世间呢？要怎么去说服女儿，叫她不要死，为了活下去而做出完全的努力呢？

这类似哈姆雷特式的考验。她讲到第三十九个姨妈的故事时——

还在不可遏制地讲着某个故事的时候，女儿睁开了双眼，似乎在姨妈的故事中体会到自己值得活下去。这个故事的讲述者最后写到：只有她清楚，任何科学都比不上那些大眼睛的女人丰富、微妙又或粗粝的人生阅见。

我把《大眼睛的女人》放在小说的传统中。玛斯特尔塔是否受了《一千零一夜》方法的影响？同样，都有故事去抗拒，阻止死亡的降临。这就是故事的力量，要是故事不精彩，死亡就会乘虚而入。所以，这就是小说，是强劲的小说传统之因延续的一个果。

值得一提的是，作为男性读者，我看见了《大眼睛的女人》的女人世界——女人（女作家）写一群姨妈。她们活得蓬勃、艰辛、执着、勇敢。她们那么有能耐，我甚至敬佩，女人不也扛着顶着撑着这个世界吗？！

墨西哥作家玛斯特尔塔是拉丁美洲文学新一代领军人物，其代表作《大眼睛的女人》也承继了加西亚·马尔克斯小说的魔幻元素，但是，表达方式各异。玛斯特尔塔更擅长着眼于细小、细微之处写女人。她几乎在每篇小说里都要妥帖地安置着一两个有力量有容量的细节，人物由此鲜活了。

《手枪》中的奇拉姨妈，离弃了跟她生活了七年的先生，按我们的说法，是休夫。所有的舆论对她非议，因为那是"一个忠实的双眼中充满了善意的男人"，"一个没对她抱怨过一声的男人"。奇拉姨妈采取的是只做不说的方式，她忙着打理自己的事儿，没时间去争辩——她是一个行动主义者。作者选择了一天一个特定时刻一个特定的地点一个特定的方式来揭示奇拉姨妈的婚姻秘密，而且，是另一对夫妻的事儿。美容厅是女人聚集的地方——孔苏埃里托·萨拉萨尔的丈夫闯入，用手枪威慑妻子。奇拉姨妈从角落出来了，夺了他的手枪，那一席话，像女人的宣言，她用手枪瞄准男人，像瞄准无形的男人世界，而且，她声称"我是她的代表"。她用了复数："我

向经典深度致敬

们受够了，我们早就不害怕了。"她关上了手枪的三层保险。不是用手枪，而是用话语来对抗。就是这个夺枪的细节——手枪这个物件表现了奇拉姨妈的形象，借此契机，她终于说出了憋闷在心里的话，于是，读者知道，她也有过一次类似的经历。我们看见了偏见的强大和分裂的可怕。女人并不是祸水。男女的世界里，存在着对立，但更需要融合。

《手枪》写了女人与男人的对立，包括女人对女人的解救。《骨灰》则写了女人与女人的友情。友谊深到什么程度？作者没有写一个死去的女人和一个活着的女人过去的友谊的历史，而是截取面对骨灰盒的悼念。玛丽姨妈生前的这位知心女友的怀念的方式的奇特——这是小说写形象的秘诀；关键不是人物做了什么，而是怎么做。怎么做能够成为唯一性、独特性，这不正是小说的追求吗？且看她悄悄取了盆中满满两勺骨灰，放入带来的瓶中，她安慰发现她的女主人，表明这是死者的允许，而且，这瓶子就是死者所送。这位知心女友说："等我死了，人们将把我的骨灰也放进去，从此我便和朋友们融合在一起了。"我们始终都在一起。这是一个瓶中的女人世界，永恒友谊，超越了生死界。作者写了盒子、瓶子这两个小小的物件里的骨灰。注意，用了复数：我们，朋友们——那是女人的世界。

《罗莎姨妈的第一个梦是什么》，两个女人，罗莎姨妈和她的姐姐，前者是独身，后者在恋爱。罗莎姨妈的视角里，姐姐是个不久前刚刚抛过光的物件——这是恋爱中的女人的另一种说法，把她视为熠熠发光的物件，这物件在罗莎姨妈的梦里又恢复到了人体的原貌。梦中的姐姐，其实是罗莎姨妈欲望的折射。固守独身的罗莎姨妈的第一个梦，而且是不期而至的梦，作者用了一个"钻"字。可见意识的顽固、潜意识的灵活。第二天，罗莎对姐姐说：我正开始了解你。应当说：是罗莎发现了自己——开始营造现实中的梦：爱情。那些教理、经书竟然轻易地被一个梦冲淡了。在被各种理论、主义笼罩的现实里，一个人该如何过本真的生活？作家玛斯特尔塔常常将一个人（女人）放在强大的围困中来表现，而那种围困往往无形。罗莎姨妈也习惯了，但是，她的另一种方式——梦有力量有勇气。她解放了自己。有梦，就有救，一个人，一个民族，皆如此。

《有很多很多幻想的莫妮卡姨妈》，其实，那是白日梦，天真的幻想，可笑的希望，莫妮卡姨妈从来就不能安闲下来，因为，她有五分钟安静，那些奇思异想就会满溢出来。所以，她必须忙——做事，用行动去抵御幻想的降临。天真的幻想和辛劳的工作就这样对立统一成一个莫妮卡姨妈，这是一个尴尬的双重生活：现实和想象。所以，她不停地忙碌来消除幻想。作者在此用了排比来概述这种想和做的对立的内在紧张和焦虑。一个细节，她烤出那么多那么美的奶酪饼干，她用吃堵想——一口气把饼干全部吃光。最可爱但又最糟糕的是：吃完了那么多的饼干，她意识到，她的身体里还是有空间容得下某个荒唐的念想。（我想到中国关于满和空的一则禅宗，往盆中装放水。）于是她无奈地带着幻想和希望上了床，闭上眼想看看它是否会自然消失，可是没有。结尾点了她对这种状况的煎熬的排斥。一个女人的物质和精神的空和满。我看出背后的压抑。作者留给读者想象的空间。

选择了其中的四篇，题目为笔者所加。这是一部无题变奏的小说集。也可视为一部长篇小说。这种集合短篇（小小说）为长篇小说的方式，当代小说已不罕见了。结尾那篇，已暗示了《大眼睛的女人》的整体结构感。一个一个、一代一代的生命呼唤。作者不给每篇标题，是不是消除单篇的定势，构成无题变奏？2010 年 12 月 6 日，我读毕此书，在扉页里写了一句话：涓涓细流汇成了一条女人河，也是生命之河。

向经典深度致敬

　　小说创作的第一要务，无疑是活了人物。我把墨西哥的玛斯特尔塔和中国的汪曾祺比较阅读，两个人的表达方式均有笔记体小说（且用这个说法去套吧）的风格，而且，都对细节有着高度的珍视，一个细节写活一个人。套用汪曾祺小说《陈小手》里一句话：陈小手活人多矣。细节活人多矣。不是吗？

当我们创作小小说时我们该把握什么

阿尔卡季·巴布琴科的《山地步兵旅》立即使我想到伊萨克·巴别尔的《骑兵军》。

两位作家相通之处是，同属俄罗斯作家，作品同属战争题材，同用第一人称，同样关注细节，同样追求客观表达。还有，巴布琴科的《山地步兵旅》，我还看出他利用的是亲身经历（曾两次赴车臣参战），这一点跟巴别尔的军旅生涯相同。只不过，时代不同而已，关注的都是永恒的人性。巴别尔说："我得对事实了如指掌，否则什么也写不出来。"可见，两位作家都是经验写作。

不同的是，按我们的说法，巴布琴科属于70后，他于1977年出生，而巴别尔，出生于1894年，几乎是相隔一个世纪了。巴别尔于1923年至1926年写的《骑兵军》，三年前他随骑兵军参加了苏波战争，是赴波兰的战斗。巴布琴科参加的是车臣战争，是国内的战争。

苏波战争是20世纪第一次输出意识形态的远征。车臣战争则是当代世界国家内部的分裂、反叛的典型一例。显然，巴别尔和巴布琴科不约而同地用文学超越了意识形态（或说政治层面）。两位作家写战争关注了什么，又如何表达？这就是我在阅读中瞬间联系起来的关键。

关于战争题材，托尔斯泰的《战争与和平》已树立了一个文学丰碑。那是长篇小说。我把巴别尔和巴布琴科的小说划入微型小说的范畴。那么相对长篇小说而言，微型小说又是怎样处理战争题材的呢？

无疑，巴布琴科属于巴别尔这个传统。否则，我怎么瞬间联想到巴别尔呢？没有资料表明巴布琴科阅读或倾慕巴别尔的《骑兵军》，但是，作为俄罗斯当代作家，巴布琴科怎么绕得过前辈巴别尔这个文学巨人呢？我只能把《山地步兵旅》视为巴布琴科向巴别尔的敬意了。

巴别尔的小说犹如发自前线的十万火急的密码电报，巴尔琴科的表达同样保持着这种"火急"的简洁。我只能从巴别尔来揣摸巴尔琴科的传承。巴别尔说："我所做的是抓住什么小事情、小传闻，一个里巷俗谈，把它变成一个想抛也抛不掉的东西，它活了，自动会动。"

好了！我费了这番力气，可能还是不得要领。但是，我最初的阅读，像拉郎配一样拉近两位作家，核心的一点，是两位作家的小说，写战争时，不是常见的宏大模式，而是捕捉微小，或渺小。可以看见，战争中，人和物，都是那么脆弱和渺小，作家由此写出了坚强和宏大，特别写出了向往的和平。所以，我说，作家写黑暗，应有光明托着，写战争，应有和平隐着。人的精神总要寻觅安置或去处，否则，就是"末日"了。

卡尔维诺、海明威、博尔赫斯等诸多作家十分推崇巴别尔的小说。高尔基认为巴别尔天才非凡，是写微型小说的高手。我视他为"作家的作家"。国内，巴别尔的铁杆"粉丝"编了他唯一的小说集《骑兵军》《敖德萨故事》《巴别尔马背日记》，王天兵还撰写了配套的《哥萨克的末日》《和巴别尔发生爱情》。可以有幸全方位地亲近巴别尔了。我仅提供《骑兵军》中的若干篇目，以便和巴布琴科的《山地步兵旅》对比阅读。篇目是：《泅渡兹勃鲁契河》《我的第一只鹅》《政委康金》《盐》《契斯尼基林》《歌谣》。

俄罗斯当代文坛，将巴布琴科列入"新自白小说"或"作家小说"的文学现象或流派里。

巴别尔以随军记者的身份加入了骑兵军，巴布琴科则以普通士兵的身份在步兵旅中。普通士兵的视角决定了小说关注的战争层面——几乎净是生存危机的具体事情（小惊险、小为难、小物事）。同是河，巴布琴科写的是"阿尔贡河"。其中写水，有味道的水（和平的水）和有尸体的水（战争的水），两种河水对比。"舀了一杯水，在喝下第一口的刹那，我突然意识到——河里有尸体，怪不得桶是满的，没有人喝。"却又不得不喝。扣住水来写战争的残酷。

《一头奶牛》，写了这头奶牛在战争中的命运，"我们"（复数）救了它，又杀了它。一个战士突然放下枪，转身离去，"我"去接续这种杀戮，这里，"我"转换成了牛的视角，"目送着要杀死它的子弹"。那客观、冷静的记叙，对话也如此：不过是一头奶牛，仿佛无奈、愧疚之后的自我安慰。

主人公"我"置身战争，却又时而出离战争。方式有两种，一种是身体的出离。《前往莫兹多克》，铺叙了雨水对感觉的剥蚀，"只剩仇恨，包括我们自己"。在"几乎要彻底地变成一只野兽的时候"，连长突然允许"我去一个温暖、干燥的洁净的地方见母亲"。可是，"我"的脑子仍是牵挂一件事：部队要遭伏击。

第二种是灵魂的出离。《一套住房》，主人公"我"在战斗中发现一套门锁上插着一串钥匙的住房，住房里的摆设恰恰吻合了主人公对安宁生活的向往，于是，他臆想出用自己的钥匙打开自家的门，一长段夫妻间的对话，其中说的是战争，但用的是"工作"这个词替代"战争"。我想到我们现实的和平生活，却常常用战争的词汇来表达。结尾，"我把钥匙留在了锁上"。这个留在门锁上的钥匙细节同时留出了想象的空间。

就是这样，巴布琴科写出残酷的战争的同时，也写了温柔的和平。值得注意的是，巴布琴科没去评判，没去议论，而是客观、冷静地叙述，呈现出的是形象，显然，他对自己的表达很自信很从容，很超脱。

巴布琴科总是从细微细小之处给我们划开或揭示人性的微妙。他写了一头奶牛，还写了《沙里克》———一只温和的狗。巴布琴科的博大和悲悯在细微之中显露，例如，跟黏土谈话，允许黏土"让我再铲一铁锹"来掩藏人的身体。还有跟那只狗说话，表示喜欢它。却又不得不选择杀它——生存危机，战争迫使人做出残忍的选择。这只温和的狗的命运在细微中写出。

巴别尔和巴布琴科写战争，人性与兽性，战争与和平，都是体现在细小的地方：一只鹅、一头牛、一条狗、一碗水、一条腿、一把盐、一首歌、一闪念、一把钥匙、一套住房。微型小说表现战争应当捕捉什么？两位作家已做出了示范。那就是微型小说把握和处理素材的方式。这种方式，不仅仅局限在战争题材。

至于两位作家表达语言的冷静、简洁，我从另一个角度去考虑是否妥帖？那就是，当残酷、恐惧到达了极限，战争中的人就会麻木、无奈，那么，亲历者的作家选择如此的表达就自然而然、顺理成章了。这跟博尔赫斯有着本质的区别，因为，博氏是从书籍中提取素材，貌似冷静、简洁的风格中，他缺失的是经验之疼痛。

本讲的标题套用了雷蒙德·卡佛《当我们谈论爱情时我们在谈论什么》。日本作家村上春树在一部自传体的谈跑步的书里也套用了卡佛这篇小说的题目。这是表达对卡佛小说的敬意。不过，卡佛小说的叙事，有一种可怕的冷静，料不到，在巴别尔、巴布琴科的小说里，我也领略到了。值得提一句，这种冷静不是纯粹的小说技巧，它与作家的生活境遇密切相关。

哦，差点漏了一条阅读线索，巴布琴科的《山地步兵旅》刊登在《世界文学》2010年第3期。《世界文学》时不时会送来文学的惊喜。荣幸的是，2011 年 9 月 22 日，在宁波，我和《世界文学》现任主编余中先先生相见，之前，拜读过先生翻译的多部法国小说。先生的故乡在宁波。

系列小小说的创作方法

系列小小说的创作是小小说文体成熟、发展的一个重要标志和有效途径。其中，关键的要素是作者心中是否装着"大"，但创作时都要着眼于"小"。以"小"示"大"。具体来说，就是作家要有看待世界的独特视角，要有表现世界的独特方式。

我曾在新疆生活过二十多年，1982年调回浙江。新疆和浙江是我生长的两片土地，反差显著。20世纪90年代中期，我终于开始启用新疆生活的资源。当我回忆起童年的经历我回忆起什么？我发现，不是故事，而是细节——一堆碎片。我是个细节主义者。我考虑如何处理童年的碎片。我发现，虽然生、活、死是一个大故事，但这个大故事框子里装的都是碎片，其中的活，是个不确定的过程。小小说写活着，但生和死总是在催促和威胁。

美国作家巴塞尔姆曾说：碎片是我信任的唯一形式。他还说：拼贴原则是20世纪所有艺术的中心原则。我像一个考古工作者，挖掘起童年的碎片——闪亮的细节。细节会像一颗种子一样发芽、抽叶，生长成自己的"形象"。我用了童年的视觉虚构起我童年的所谓记忆碎片。记忆以另一种形式，像沙漠夜晚的星空一样灿烂。这就是我第一个系列，童年的绿洲。绿洲相关着沙漠，它们是那片土地必不可或缺的元素。

童年是一个作家的出发点，又是创作的源泉。一个小男孩贯穿其中，又引出一大群小孩和一帮大人。每一篇都有独立性，但一个系列又有整体性，你中有我，我中有你，就像一粒一粒沙子组成了沙漠，一片一片绿叶构成大树，一滴一滴水珠形成河流。而每一粒沙子、一片绿叶、一滴水珠，都是微小的东西。于是，童年的绿洲生成了一个我未曾料到的系列小小说，至今还在写，似乎源源不断地冒出来，甚至，那片小小的绿洲之外发生的事情，往其中一放，小男孩顺手捡起来，也当成自己的事情。作家要学习小孩，把自己的东西当成别人的东西，把别人的东西当成自己的东西。绿洲生活时，我也这么做。一个人对待世界的视角，其实，童年已奠定了。我现在，趁没有人，还模仿童年，弯下腰，通过胯裆看世界——偷着乐。童年的绿洲，荒诞、魔幻等表现手法居多。是那片净土地滋养的呈现。因为，这些小说元素已经在我的血液里流淌呢。

这样，我就从不自觉到自觉，开始了多个系列小小说的创作。

一个作家采取什么方式表达对世界的看法，其中潜在着一个规模意识。有的用长篇、有的用中短篇，我擅长用小小说。作家显示自己的能耐，不是越大越好，在崇尚巨大的文化氛围里，示"小"也是一种选择，一种能耐。写小小说，也应当有"野心"，建立起一个文学意义上的"王国"，像福克纳"在一块邮票大的地方"深深地挖掘，从而写出普适性。

系列小小说的创作，有多种方法。新疆那片土地，我先启动了童年绿洲系列，然后，在时间上追溯、后延。于是就有了沙埋王国系列，写千年前沙埋的王国，用文学的方式进行挖掘。其中张扬了我灵魂中向往的"飞翔"的姿态，尽量克制西域传奇的表达，注重哲理、魔幻、变形等元素的表现，当然，遥远的微光仍应反照当下。卡尔维诺在未来千年文学预测中，说到轻逸。我是用"飞翔"表示对卡尔维诺的认同和致敬。沙埋王国已出了一本系列小小说集《大名鼎鼎的越狱犯哈雷》。我把自己的小小说从表现方法上分两类：走和飞。

写一阵飞，再写一阵走，自我调节。

绿洲往事系列小小说，属于能"走"的系列，锁定我在农场连队接受"再教育"的记忆。主要对象是农场里有一个连队的青年男女。采取写实手法，注重生活的气息。沈从文说过贴着人物写。我想，再小些，贴着细节写。小小说跟长篇小说是小说的两个极端形式。在细节的运用上，这两种文体有明显差异。细节的运用可以显示小小说的独特。一个人物还是笼统了，一个人物的一个细节就具体了。将一个细节贯穿，或安放在适当的位置，它就能照亮全篇，突显人物。但那个细节得有丰富的含量，甚至带点寓意、象征。不过，不必刻意，作家的任务是呈现"形象"。

然后，又有了军垦往事系列——我的父辈，一批 1949 年由王震将军率领的老兵。他们是第一代垦荒者，在荒凉的戈壁滩、沙漠里开垦出我童年生活的绿洲。我第一次忍不住显示了传奇色彩，但基调仍然保持纪实。几年前，我父亲去世，我突然想到，他的死同时带走了他的记忆——故事。一个个"老兵"要走了，他们的记忆是宝贵的精神遗产，我之所以有现在的心态，无意中受了"老兵"的熏陶。我开始了自以为抢救父辈的精神遗产的活动，主要对象是"老兵"。

正是在创作关于新疆的若干系列小小说的过程中，我感到了，我是从哪里来，我是谁，我将往哪里去？这是一个自我发现的过程。

系列小小说稍加组合梳理，就有貌似长篇小说的格局。这种方式，也是当代世界长篇小说的一个重要方法。但是，我还是力图用系列小小说的方式显示能量。就像捆扎数个手榴弹，以集束的方式投掷。

每一个作家都有一片属于自己的文学土地。我的土地与经历密切相关：新疆，浙江。创作新疆题材的若干系列小小说的同时，我还写了浙江——虚构一座城市，艾城系列。艾城系列小小说从数量上是新疆题材的几个系列的总和，也就是两片土地各占一半。

我给艾城冠以文学意义上的城名，让一系列人物居住其中，发生关系，当然会进进出出。都是小人物。他们相互之间寻找、错位、隔膜、困惑。能走也会飞，既有纪实也有荒诞。每一篇都发现并选好一个细节，表现艾城一系列人物的生存处境。集合了我小小说创作的各种手法。明显地显示出与现实的同步，这也是小小说的优势，就其一点，扎入生活肌理最敏感的穴位。已出版的集子《新启蒙时代》，大部分作品被选刊、选本选载过。

我有个习惯，创作时兴致盎然。创作毕，总是百般挑剔，然后，打入"冷宫"——存放。这个系列的七八百篇就这么经受着冷处理。

我还选择了一个角度：意外。这个世界难把握、不确定的因素增强——我们总是"意外"。作家再也不是全能的"上帝"，不得不放下姿态，不用俯视的视角。如同一个高大的男人跟小孩说话，蹲下，蹲得跟小孩一般高。童年时代弯下腰通过胯裆看世界，已经决定了我的视角。我不会发短信不会上网，可是，我一直跟踪着这方面的进展。意外系列小小说，篇幅定为手机一屏可容纳，想当然地为手机小小说准备，每篇六七百字，而且，每一篇都有一个"意外"。发表了近百篇，还有五百余篇贮存着。

类似意外系列规模的小小说，我还写了禅宗系列小小说。每个人内心都会发生"危机"，一度，我阅读佛教书籍"自度"。十几年的阅读度出了"危机"，文学的"顿悟"，一口气写了这个系列，《羊城晚报》小小说专版连载了一年。

系列小小说的创作，应当有一个宏观的把握。胸中拥有了"大"，才能从容地写"小"，小就不限于小了。佛经里有一句话：须弥藏芥子，芥子纳须弥。小小的"芥子"，能够有"须弥"的容量。这无疑是运用系列小小说建立独特而又自主的文学世界的有效方法。有人预测未来将出现"小个体时代"。我想，就如同长篇小说和小小说共存一样，大型企业仍存在。系列小小说就是"小个体"的重要趋势，它和时代同步发展。

巧合：一种观察和表达世界的别致视角

阅读自以为不错的小说，我会做出两个反应。一是舍不得加速阅读，甚至我会延缓进行时的阅读享受，甚至，暂停阅读，去自足地回味一番。二是忍不住向朋友推荐，大有分享阅读乐趣之嫌，希望将这种乐趣和幸福传递出去。像老人家所言让广大人民群众都知道。其实现在已不可能。

美国作家保罗·奥斯特的《红色笔记本》就属此列。我是在读了所有已翻译过来的他的长篇小说之后，邂逅了《红色笔记本》。我也担心朋友消受不了他的长篇小说。那么，他唯一的一本译过来的短篇总不至于接受不了吧。四个短篇小说，其实，是由一系列记忆碎片构成，那些碎片完全符合微型小说的独立品质。

保罗·奥斯特颇具博尔赫斯的气质，他的长篇小说，探索类似博氏关注的东西：镜子、迷宫、双重性等等。只不过，他的小说"迷宫"的规模宏大，常常表现出生命的无常和困惑。而他的《红色笔记本》放下了长篇小说的"架子"，表达得可亲可近，像拉家常。2009 年 3 月 15 日，我读毕，在扉页中引用了法国哲学家让·波德里亚《冷记忆》中的一句话表达了我的感受：在不幸的源头，总有一桩意外，在幸福的源头，总有一桩巧合。

《红色笔记本》是一部关于巧合的故事集，或说，他用巧合这个视角，去回忆过去，探讨记忆中关于真实、关于巧合的主题。同时美国作家雷蒙德·卡佛说过："当你有了一个发现世界的独特的视角，你就成功了一半。"

保罗·奥斯特就是用巧合的独特视角去发现他记忆中亲历和听来的事情。其中，人物命运在巧合、偶然中出现了难料的突变的聚合、转机。而且，奥斯特善于把握和关注小东西，又由小东西去纵深掘进，展示出背后的大背景、大变迁。可否说，这是"迷宫"的另一种表达方式？个别篇章，我甚至觉得有汪曾祺笔记体小说那种洒脱、自然。文学就是这样共生共通。我们写小说的同时，是不是小说也在写我们？

我在《红色笔记本》里摘出一组，并试加了标题。译者小汉的译文不错。该书有个副标题：真实的故事。我想，这是奥斯特记忆中的真实故事。不过，阅读中，他对记忆常常有点把握不准，似乎在探索到底真实到什么程度，甚至，会提出多种说法去界定去排除去猜测，雷蒙德·卡佛的小说里也同样有这种口吻这种态度。这种对真实和生活的难以掌控是当今世界作家应持有的谦卑姿态。

《一枚角币》中两枚不同时空中的角币，构成了这篇短章的巧合，前一枚消失，后一枚等候，由此，探索的是关于记忆的真实性问题，不过，仅仅是觉得那就是早晨我在布鲁克林掉的那枚"角币"。它涉及一次婚姻。失落和寻找的执着，我们不是可以感到主人公对失却的婚姻很在乎吗？不过，它仅仅存在于记忆之中。

《一封退还的信》中经历无数个环节，那封信回到写信人手里，信却不是出自"我"之手，而那个收信人，"我"也不认识，难道有人试图冒充写信人？唯有"提醒自己生存其间的这个世界仍将永远使我迷惑"。最后，作家仍未解开这个谜。

《爆胎》中爆胎和友谊，这两个事儿并置，而又发生在同一个人身上，这就造成一种象征意味的隔阂——"我"就是这么理解这种貌似必然的生疏，仿佛爆胎爆开了友谊，人与人就这样疏远，以致十年没通过话。两个毫不相干的事或物并置，能构成一种关联，生成一种寓意，却是难以阐释的主观阐释。

《麻烦》这篇作品，叙述的方式相当别致，是现在引出过去的故事，意外的结局——那么巧，夫妻俩的父亲竟是同一个人，战争打乱了人与人正常的关系。战争中的麻烦，战争后的麻烦。

《签名笔》先是铺叙"我"八岁时"没有什么比棒球对我更重要"，引出他崇拜的棒球运动员威利·梅斯，能幸运地获得同意签名，却找不到签名笔，错过了机会后，他习惯随身带笔——随时准备获得签名，但同样的事情不再发生，"如果你的口袋里有支笔，总有一天你会想要去用它的"。他就这样成了作家。笔的作用由外转向了内。

保罗·奥斯特的故事里，那些小东西总是发挥奇妙的作用，一枚角币、一封信、爆破的轮胎、签名笔，它们和人物同行或交错，导致人物的关系、人物的命运出现意外的境遇。高明的作家总是从小处着眼，小处着手，去展现宏大的世界。

如果将保罗·奥斯特与雷蒙德·卡佛对比阅读，尽管这是两个风格截然不同的作家，但是，两位作家都对小东西充满了兴趣。卡佛说："用普通但准确的语言，去写普通的事物，并赋予这些普通的事物——管它是椅子、窗帘、叉子，还是一块石头，或女人的耳环——以广阔而惊人的力量，这是可以做到的。"

卡佛确实做到了。他的小说中那些东西，不经意中透出象征意味。而奥斯特的视角显然不同——其用力的方向是小东西在人物命运巧合层面上的作用，他没去攀形而上的高枝，一向飞翔着的他，在地上走走了，这组微型小说，走得平易近人，不是很好吗？我们的命运中确实布满了巧合——包括每一个人的生死。

变异：一组强劲有力的典型形象

　　每个成人身体里都住着个小孩，只是一般人察觉不到。等到你想童年的事儿了，那个小孩会蹦出来，说："我来讲，我来讲。"那一刻，你会乐不可支。

　　其实，我知道我心里住的那个小孩，我会倾听他给我说故事，那是我小时候的故事，就是那个小孩的故事，当然，是我们通常所说的儿童视角。

　　我也会去书店，时不时地去儿童文学书场，像去会一会一个小孩。常常拎一摞儿童小说，喂一喂自己。于是，就有了这本《荒诞故事集》。德国著名作家乌尔苏娜·韦尔芙尔的所谓"经典之作"。我对号称的"经典"保持着一种警惕，倒是对荒诞有着亲近。到底有多荒诞？

　　显然，是混在儿童文学中的一部可供成年人阅读的作品。老少皆宜，只不过，着了儿童的装（封面设计）。封底提示：3~6岁亲子共读，6岁以上独立阅读。

　　我确实希望有朋友和我"共读"，我暂时没有条件跟"3~6"岁的小孩一起共读。我倒是属于"6岁以上"能够"独立阅读"的读者。1954年出生的我，那个"6岁以上"的"6岁"实在太遥远了。我却读得饶有兴趣，还时不时地发出会意的笑，那是住在我心里"6岁"的那个我在笑。而且，我的童年、青年、成年都在笑。我的心里住满了无数个年龄段不同的我——我们一起笑。

我6岁的时候，没有福分阅读这样的荒诞微型小说。我真的期望有几个"3~6"岁的小孩同时阅读这个文本，从而看看他们的反应。

我说过，每个人都是一部大书。《卷笔刀轶事》里那位"女士突发奇想——她要写一本大部头的书"，似乎作者是一位目击者：瞧那女士——采用削铅笔的方式来催生她的句子，竟然削出了六千五百一十二根铅笔，却"第一个句子还是没有出世"，然后，她写大部头的书的初衷转化为意料不到的成果：这次削铅笔的纪录登上了吉尼斯世界纪录大全。

《世界顶级家庭主妇》里的那位女人，立志要当世界顶级家庭主妇，她将屋内屋外打扫得一尘不染，洁净得"连狗儿都不好意思傍着它撒尿了"。显然，这是个有洁癖的家庭主妇——都洁净了，她就茫然不知所措，于是，她收集打扫出的垃圾，然后再抛洒，由此，她就不愁无事可干了——能够"带着微笑进入梦乡"。这种打扫、污染的循环，使我想起西西弗斯推的那块巨石，只不过，无效和反复由家庭主妇自己造。其中在对垃圾的清扫和抛洒中，家庭主妇获得了生活的"乐趣"（意义？）。

要是这个世界只有一种颜色，会发生什么？《黄色的故事》里，那位女士"特别钟爱黄色"，吃、穿、住，她都锁定单一的黄色，而且，行，她也选择了黄色，因为沙漠是黄色。黄色的脸、衣，融入黄色的沙，人消失在其中——都是同一种黄色。一家子都在沙漠里玩起捉猫猫的游戏，黄沙遮蔽了一家人，幸亏有太阳的暴晒，脸上有褐色的晒斑，这细微的差别，使人发现了自己。

乌尔苏娜·韦尔芙尔的这组微型小说的方法，使我想起另一部书——匈牙利有位作家的《一个女人》，他的开头统一用"有一个女人"，两位作家竟然不谋而合。区别在于，《一个女人》写了九十余个女人，其实是写了同一个女人，而韦尔芙尔写的是不同的女人——每个女人都是一种典型，接着"有一个女人"，是《栽进花盆的女人》，这个女人自恋还不够，她还要老公每天赞美她，"要百分之一百地像对待一朵鲜花那样对待她"。男人把一朵鲜花和一个女人视为同类，就给他栽在盆中的女人浇水，双方的微笑那么默契——配图，给文字增添了额外的细节，一种可贵的补充。绘图者贝婷娜·韦尔芙尔显然和作家是姐妹。

《如此未雨绸缪》的那个女人是三个孩子的母亲，她是个"凡事都要计划得天衣无缝"的女人，作者罗列了五种假设，说明那位母亲对爬山计划的周到严密——正如现实中我们的计划、规划一样，但是，计划往往赶不上变化，哪怕一个小小的意外因素介入，我们也会失序、失衡，计划会乱了套。那位母亲没计划到会踩在山道上一坨牛粪上，由此导致了一场灾难。

《纸片女郎》中的那个女人，她追求苗条，作者列出了她早、中、晚三餐的饮食——其中，她饿了就看着烹调书，由此保证了"绝对苗条"，一个出奇的情节是：一股风吹来，她正看的烹调书合上了，她被书夹在里边了。只见书，不见人，她成了一个书签。这是卡尔维诺所指的"轻"，由"轻"可见存在之"重"——主人公的命运的沉重、可悲。

从性别来看，这个世界只有两种人：男人和女人。所有的故事都在这两种人的基础上展开——这是小说最大的母题。说了六个女人的故事，调节一下，《刻板先生小记》的主人公是个男人，他的刻板跟《世界顶级家庭主妇》有异曲同工之妙，不过，他使我想到契诃夫的《套中人》，他"套"在了自己的生活方式里了。一个典型的细节是面条，当他发现起锅的面条长短不齐时，他以捞起的第一根面条的长度为基准，去修剪其他面条，以保持所有面条的整齐划一。典型人物形象，需要典型的细节去表现，往往一个经典的细节可以支撑起一个典型形象。

刻板先生追求的是统一,《不同凡响的人家》里,那一户人家,讲究的是"跟别人就是不一样!"两种追求都导致了荒诞——那户人家连宠物也得不同凡响——一头与环境不相配的长颈鹿。因为小孩子太低,全家人长久地伸长脖子欣赏长颈鹿,拉长了的脖子,并号称自己是不同凡响的长颈人。

过去,文艺理论常提恩格斯所说的"典型环境中的典型人物"。关于典型的话题,其实仍未过时。我认为,这个"典型",还可放宽泛些,我倾向典型形象。人物仅是典型形象中的一个主导部分,情绪、状态、意向,不也是典型形象吗?

韦尔芙尔像一个雕塑家,她用文字雕塑出一组典型形象。其中的典型人物,愿望和结果往往相悖,事态的发展在人物执着执迷某种意向(颜色、洁净、规矩、计划等等)的过程中,走向了反面,或说,由一个极端转化为意料不到的另一个极端,人变成了花朵、书签、颜色之类的异物。

德语文学有一个强劲的主题:变异。这个源头可以追溯到卡夫卡、舒尔茨,延续到当代的有伯恩哈德、格拉斯等。这些都是真正意义上的大师级作家。我不禁感慨,中国小说到《聊斋志异》是个想象的巅峰,而当代,这种想象能力是否枯竭了?

韦尔芙尔的作品里,我仍能欣赏到这种想象延续的能量。作家扣住人物的某一点执迷,采用夸张、重复等表达手法,将人物的行为推向荒诞,都同时抵达了现实的本质,这是一种有力的现实主义。因为,以"轻"以假的方法,我们能看到直逼现实的"重"和真。

我反省,我这样阅读,不是小孩的视角。不过,我想,有时,我们写小说的人,还习惯在小说里塞什么观念、说教,自以为高明,其实,那是低估了小孩的智力,在感受小说时,我发现,许多小孩能看见"皇帝的新衣"。这是我数次在学校进行文学讲座时得出的经验。所以,我在写小说时,会提醒自己:第一,用形象说话;第二，不用代替读者思考。犹太民族有句话：人一思考，上帝就发笑。作家的任务，就是讲好故事，换句话说，就是呈现形象。我相信，读者在阅读韦尔芙尔这组微型小说时，自会有自己的想法。我只不过提供一个阅读的线索。小孩心里装着一个大人，大人心里也住着一个小孩。我特别期待那些心怀一个大人的小孩反馈阅读的感受，跟我这个心里住着的一个小孩的人印证一番。

哦，差点忘了，有兴趣的读者，还可延伸去阅读韦尔芙尔的《古怪故事集》和《火鞋与风鞋》，均由陈俊翻译。

向经典深度致敬

分离：贝内德蒂独特小的主题

乌拉圭作家马里奥·贝内德蒂的小说，有许多篇写了主人公的预感。有一篇的题目索性直接用《预感》。作为拉美的短篇小说大师，他对人类的精神领域的预感发生了兴趣，我想到滕刚一篇题为《预感》的微型小说，两者不约而同地探究预感，我们可以比较欣赏两者用什么方式去勘测存在的奥秘。

我选择了贝内德蒂的《消防人员》，他是一位有意识的预感能手，而滕刚的《预感》是主人公朦朦胧胧的预感。两者，都有会出什么事的预感。我们每个人在生活中可能碰到过这种会出事的预感，却是说不清、道不明的直觉。所谓的唯物主义者会拒绝相信这种现象，不过，小说对此抱有浓厚的兴致——小说有点不讲道理？

预感是《消防队员》主人公自豪的本领，他因为预感毫无落空地实现，赢得了朋友的崇拜。主体事件是他预感到家里发生了火灾，他及时赶到现场，我们来看看他的表现：他没有迅速地去灭火，而是"不慌不忙"，"整理了一下领带结儿"，"带着谦恭的胜利者的风度准备接受他的好朋友们的祝贺和拥抱"——小说到此戛然而止。

我也替他着急：为何不去灭火？这就是贝内德蒂的沉着之处，什么也不说，却在主人公自得的胜利者的形象中，使我们看到一种"分离"——预感的兑现和现实的火灾的分离。或说，主人公沉浸在预感的胜利而抛弃了现实的救急。

我的一些文学朋友，常会询问我：微型小说怎么表达主题？应当关注什么主题？确实，一篇微型小说，总要传达什么。我曾当过中学语文教师，那时，我不得不按教学的统一套路和模式去归纳课文的主题：通过什么故事，表现了（或歌颂或揭露了）什么主题。

如果作家按此模式去欣赏去创作，那么，其作品肯定要出问题，往低浅了说，主题就会单一、明朗，就会是道理的传声筒。再说，那样理解主题就狭隘了。现在的作家，不再能看穿一切、把握一切、掌握一切了。因为现实往往无序、模糊。何况，小说作家的任务其实有两个。一是提出问题，不作结论。《消防队员》提了个令人焦急的问题。二是呈现形象。按美国作家辛格的说法：故事（形象）长青，观念容易过时。所以，微型小说的主题应在"形象"中呈现。至于有什么主题，读者自会挖掘，而用不着作家出力不讨好地代替思维（交代）。

同一个"分离"的主题，贝内德蒂的《表情》则是完全不同的题材。主人公是个神童，在不足七百字的篇幅里，写了他从小到大的艺术生涯。他演奏的各种名曲大受欢迎，但是，他的追求方向脱离了艺术本体，而去注重自己演奏时面部的"表情"，以致他忘记了乐曲，仅给观众表演他的"表情"。结尾是：最忠实的朋友们仍热衷欣赏他的"表情"的无声的独奏音乐会。

钢琴演奏的主体应是乐曲，钢琴家却投入表情的所谓"演奏"，这是荒诞的分离，是钢琴家的悲哀，观众和他本人竟然认识不到。我联想到荒诞派戏剧家贝克特戏剧中的人物，常常是动作和语言截然分离。这种分离的现象，在我们生活当中不也司空见惯吗？只不过，被忽视了，而作家提醒了我们。

《报应》是一个极端的题材：长得一模一样的双胞胎。这种双

向经典深度致敬

重性的故事，有着源远的历史。可以在小说历史找到它们的诸多的同胞。卡尔维诺的《一个分成两半的子爵》、博尔赫斯的《我和博尔赫斯》《另一个博尔赫斯》，包括贝内德蒂的《另一个我》，实为《报应》的变体——一个人内部的两个人，也是双重性的范畴。这类题材有戏，即故事性强。

《报应》里的双胞胎使用了相似、雷同的外貌去冒充对方。故事沿着双胞胎的团结到分裂的方向发展，两个人分裂为不同的政见、不同的组织，外貌掩护了诡计。贝内德蒂小说的结尾，总是在事情发展的关键和危机的时刻煞笔，人物的命运不可逆转。

分裂比分离力度大些，但又是分离的另一种表达。我想起《西游记》里的孙悟空拔一撮毛一吹，就出现无数个孙悟空，替他招架危机。这个魔幻的手段可能幽藏在当代我们每个人的潜意识深处。我曾写过一个人对恋人的想念，她想一次，恋人就出现在她眼前，她一次一次想，想一次，就有一个实体的恋人出现，以致她的室内挤满了无数个不同时间出现的恋人。她能够中止这种想念吗？她得面对这个众多的相似的恋人的尴尬，他们却是由一个人分离出的无数个。恋爱和婚姻，一个人内部的双重性，是逐渐被对方发现的，矛盾、冲突由此发生。

来欣赏贝内德蒂《另一个我》里主人公如何应对出现"另一个我"的尴尬。作者将无形的隐秘的"另一个我"实体化，赋予"另一个我"忧伤的性格，却又不透露原因。忧伤发展到了自杀——一个的另一半自杀，完全是分离成两个人那样相处，他还为"另一个我"戴孝，同时，也是解脱，恢复到正常（"另一个我是"异常），他的忧伤被死去的"另一个我"带走了。他还是难过——涌起一股思念之情。

上帝和魔鬼同在——存在于同一个人的心里，平常的异常，是一个人内在的矛盾生态。贝内德蒂孩提时很忧伤，他的父母感情出现过分裂，这对他的性格产生了深刻的影响，同时，给今后的文学创作提供了丰富的素材。难道作家童年的不幸是文学的大幸？他总是关注普通人的异常。其实，目的是驱魔——心灵的魔鬼。小说是作家驱魔的方式。

可以看出，贝内德蒂对探索人物的异常很投入，他说："奇闻轶事是短篇小说不可缺少的弹簧。"他曾在评论巴尔加斯·略萨的小说时引用略萨的话："我深信，文学在本质上是违反常情的。"此话不也是贝内德蒂小说的追求吗？贝内德蒂在评论胡利奥·科塔萨尔的小说时，揭示其运用的创作手法：幻想发生在真实的环境中，让例外，即意外事件突然发生在惯常和日常的生活中，如读者的生活中。这不也是贝内德蒂的创作手法吗？贝内德蒂深受莫泊桑、契诃夫、卡夫卡的影响，并且，又继承了拉美文学的传统，构成了他自己的独特风格：笔触简洁、性格鲜明、结尾意外。

贝内德蒂的独特性，主要表现在他对世界的发现。我时常感到，一个作家，一生可能写了无数部作品，其实也就是一部，只不过，反复表达同一种想法。例如，加西亚·马尔克斯表达各种人物的拉丁美洲式的孤独，奥尔罕·帕慕克作品中弥漫着土耳其式的呼愁（可视为孤独的变体），村上春树钟情的主题是寻找，而贝内德蒂注重分离的揭示。我在十年前阅读他的小说时，归纳出了个诱惑，因为贝内德蒂笔下的人物几乎都受着诱惑，正如他的作品集题为《让我们坠入诱惑》。诱惑——生活在幻觉中。后来重读，我发现，分离比诱惑还要深沉、确切。他写了不同的分离，这更有普遍意义。阅读是一个逐渐深入的过程。人物分离的可能性、预兆、尴尬，不也是我们存在的境遇吗？

分离是贝内德蒂发现和表现存在的独特视角。关于所谓的主题，我倒倾向于用内涵、意蕴之类的词，因为，我们将主题这个词用得过于狭窄和封闭了。如果沿用主题这个词，我是不是已注入了别样的意思来启用它了呢？总之，贝内德蒂小说里的形象，我们可以读出多种意思，也就是多解性多义性。作家写好了形象，读者自会理解。

重量级的书痴形象

我喜欢书痴，由此，偏爱书痴的文学形象。邂逅书里的书痴，我心里会像徒弟见到了禅师，恨不得跟他一起云游，那只不过是一种幻想，很过瘾。我和书痴心心相印。

所谓痴，我们会将痴跟傻、疯联系起来。极度迷恋某人或某物，迷恋、沉湎的程度极深，达到了"痴"的状态和境界。外界看来，就不正常。依我看，每个人的内心都有"不正常"的风景。这种"不正常"其实很正常。不痴怎能做好一件自己喜欢的事呢？而书痴，痴的对象是书。爱书没商量。

现实生活里，我与许多书痴有过交往。譬如，有个朋友，隔一条街，他或我，购得一本心仪的书，也不顾家人是否在吃饭（通常是晚餐），会兴冲冲地闯进来，畅谈此书的妙处。甚至，有一次，我在菜场买菜，想到一本书的细节，需要去印证，赶回家。妻子说菜呢？我说我已付了钱。我以为付了钱菜会追随我回去。妻子说了一句很经典的话："你把书读进屁眼里了。"

记得小学五年级，在没书的社会环境里，我到处觅书，一个上海青年谎称他有一箱书藏在沙漠里。我就悄悄地离开农场——绿洲，进入塔克拉玛干沙漠找那箱书，差一点留在沙漠里。那是在新疆，时值夏天，沙漠能烤熟鸡蛋。

我是否到达了书痴的程度？可能只是犯傻。无知者无畏呀。

向经典深度致敬

中国古代有许多书痴的形象：悬梁刺股，凿壁偷光，这类书痴的形象，背后的动力在于功名和科举。太累。"清风不识字，何故乱翻书"，也算书痴之言吧。不过，我眼里的书痴，不带功利性，不是"急用先学、立竿见影"的那类。

堂吉诃德是个伟大的书痴，他着迷于骑士小说，幻觉中自己也是骑士，他把骑士精神践行到已不是骑士时代的现实，结果，到处碰壁，却痴心不改。我们不是被他的主持公道、行侠仗义感动了吗？只不过，他已与现实格格不入了。大战风车那个情节，是他精神的一个制高点：与幻想中的强敌——风车进行交战。可爱又可悲。按我们过去的说法：老革命碰到了新问题。他按照骑士小说中的骑士精神一意孤行。我读这部经典，不免替堂吉诃德着急，其实，一着急，那形象就活了。能把形象整活了，小说就成功了。《堂吉诃德》是现当代小说的源头，同时，也是书痴的先驱。

我把书痴分为重量级、轻量级，当然是书痴面对现实处境而言。一个书痴，碰到现实会有怎么的反应，怎样的行为？换句话说，书中的世界和现实的世界遭遇，书痴保持着什么样的状态。这是不是有趣？往往有趣。小说就是要有趣。人物一犯傻，形象就可爱。

堂吉诃德是重量级的书痴，因为，他面对的是一个可恶的世界，他处境险恶，却无所畏惧。只不过，他没醒悟"骑士精神"已过时却执着地张扬"骑士精神"。意大利作家卡尔维诺的小说《一个读者的奇遇》（短篇小说集下册）则是一个轻量级的书痴。这个短篇小说里的人物着迷的是长篇小说。

毫无异议，那"一个读者"是个名副其实的书痴。他扛着自行车，去河滩，就是选个僻静的地方读书（他带了数本长篇小说名著），他对小说里的人物如数家珍。面朝大海，沉湎小说。似乎是考验自己的定力。他认为小说比生活更有活力。于是，他碰见了一个女人，所谓艳遇吧。面朝大海，女人相伴。小说和女人——他面临两难选择。书本和女人之间构成了一种张力，他两者都不放弃。怎么兼顾？在短暂的激情中，他仍留神书是否掉进海里，其中一个细节，标志着他是纯粹的书痴。他和她拥抱时，还尽量腾出一只手，把书签夹到正确的页码上，他盘算着离结尾还有多少页？阅读和激情都进入高潮。"奇遇"是两难的奇遇。

我曾读过一则新闻，一个书痴被压在倾倒的书堆里，死了。书成了他的坟墓。我把这视为一个隐喻。读书，还要走出"书"。别被书"关"进，"压"住。2008年8月16日，我乘上海至余姚的T793次空调软座特快，列车上，我读完了乌拉圭作家卡洛斯·M·多明盖兹的长篇小说《纸房子》。他是博尔赫斯的传人。腰封赫然一个提醒：别读了，书很危险！

小说的开头一个情节，就应了这个提醒，人物购了一本诗集，边走边读，在街口被汽车撞死。这个书痴成了书的冤魂。作者说书籍能改变人的命运。而《纸房子》的主人公布劳尔这个书痴的表现方式是屋里堆满了书，从地板至天花板，连卧房和车库也被书占据，他不得不到阁楼睡，他还是个十分讲究的书痴，按他自己的方式归类、排列书籍——考虑书与书的友谊、关系。书籍危及他的身家性命时，他面临两难的选择：舍弃书籍与付出生命。这跟堂吉诃德不一样，堂吉诃德不把现实的规则放在眼里，执着地张扬过时的"骑士精神"。索性麻木不仁，也会自我感觉良好。

布劳尔则清醒，他为了保全书籍，就在大西洋岸边的沙丘上用珍本书给自己搭建起一座纸房子，可想而知了。这座纸房子使得布劳尔成了重量级的书痴。

最后，我推出的重量级的书痴：德国作家西格弗里德·伦茨的《我的小村如此多情》（短篇小说集），其中第一章的《嗜书魔》里，"我"的七十一岁的祖父可谓是临危不惧的书痴（嗜书魔是书痴的另一种说法，比痴还严重，走火入魔了）。我在这个书痴的形象里看到了洒脱、放松。恶棍华利拉将军率兵来袭击书痴所在的村庄，村民望风而逃，剩下祖父这个抵抗者（也是另一个村民约了他）。七十一岁才开始学习阅读，立即达到无比狂热的地步。袭击与阅读、猎枪与书本，祖父执迷书本的阅读———本漂亮、轻便的小书，而来者是一支强大、凶恶的部队。袭击与阅读这两条线索并置起来，祖父排除干扰（"再让我看一小章就好"，"让我再看最后五页"），即使将军带兵闯入，祖父毫不在乎自己的险境，说："我还有一页半才结束"，"还只剩下一页"，"还有十行，然后一切就搞定了"。于是，奇迹发生，将军逃离了——书痴的行为镇住了敌人，像诸葛亮唱空城计。这是将军对书痴的误读，同时，也是书痴的力量。结尾，他终于读完最后一行，抬起头，开心地笑着对一个惊愕的村民说："你好像有事要跟我说，是吗？"

恶棍已逃，险情已过，竟然不在主人公心灵留下阴影，他这才脱开书本转向现实——痴得忽视了现实发生过的危机。多放松、多沉着、多超脱，一场偷袭和一次阅读由此了结。

怎样才够得上真正意义上的书痴？读者自会裁定。我想，真正意义上的书痴形象，是不是应当具备如下标准：一是无功利阅读，就是特别喜欢阅读的那种，而且陷入书中，不能自拔，求个乐趣；二是着迷，沉湎在书里，犯了傻，被"关"在书里，甚至把书当作"房子"，外界看去"不正常"；三是书痴与现实相遇时，会忘乎所以，容易忽视现实，因此，举动就可爱，就幽默，甚至滑稽，关键是自己也觉察不到；四是重量级的书痴与生命相连，类似哈姆雷特的选择：是死还是活。书痴却顾及不到这个。现实中大量存在的是轻量级、微轻量级的书痴。

我在想象中，已盛情地把这几位不同国籍、不同时代的书痴邀请来了，举办一个读书活动，进行面对面的交流。当然，还陪同他们游览我所居住的城市。猜一猜，书痴们会有怎样的表现？

小小说要创造可持续发展的形象

中国当代小小说的发展繁荣已走过了二十年的历程。假如要列出一组小小说中的形象长廊，那么，我们的记忆里，有多少可爱可感的形象可以呈现？就是说，有多少难忘的形象可以活着，而且，能长久地活下去。

鲜明的形象都很长寿，那些经典形象，即使悲剧地死了，却仍然能活在我们的记忆里。而有些先天不足的形象，即使在作品里活着，其实已在遗忘中死去。

所以，小小说作家应当注重创造可持续发展的形象，这些活着的形象能穿越时空，不但现在，还能跟未来的读者邂逅。小小说的历史，从某种角度看，可由一个形象的长廊组成。

这里所说的形象，是一篇小小说的各种元素有机地构成的一个形象的图景，它包含着声音、气味、质地。主导元素是人物和物件。人物是作品所呈现形象中的核心。文学是人学这句老话仍未过时。物件在形象中不可或缺，有时甚至可视为主角（或说另一种"人物"）。过去，往往把物件视为道具，其实，很多小小说中，物件已担当着举足轻重的角色，甚至左右着人物的命运，改变着人物的生命走向，所以，不要轻视了物件。物件有灵性、有意志，物件同人物有着平等的地位。也许是我童年的经历决定了这种物质观，沙漠、绿洲、森林是我童年的"大物件"（相对地球、宇宙它们又是小物件），面对它们，我感到自己的渺小，就不得不敬畏。现在，人类与物质相处的过程中，已开始觉醒，物质世界也有威严。我们已为改造它们付出了代价。放到大千世界里，人物是渺小的、脆弱的生灵。

毫无疑问，人物是整体形象中的关键。通常，我们能够记住或提起一篇小小说，往往是其中鲜明的人物形象。我琢磨过，为什么有的小小说内涵单一、明朗，有的小小说内涵丰富、朦胧；为什么有的小小说作家明显地在编故事（外在情节），有的小小说作家忠实地跟着人物走（内在情节）。两种形态的小小说，可以看出作家的表达姿态。前者，注意的是所谓主题（观念）的传达（或图解），作者表现出一种高姿态（俯视），像上帝一样判断、评价；后者注意的是所谓人物的呈现，作者表现出一种低姿态（平视），尊重读者的权益。我想，当今的世界（包括内心世界），我们有几个人能说已经看透看清了？正是看不清看不透，作家才去探秘探索。我们现在置身的世界，是一个模糊不清、神秘不定的世界。我们自以为是的秩序、规划，往往被一个难料的因素介入，就会弄得惊慌失措、手忙脚乱。这个背景里，作家形象，谁服从谁呢？形象是作家的傀儡，还是作家跟着形象？

我认为，小小说要注意呈现形象，把人物、物件写活，至于其中蕴含了什么，读者各有各的投射。美国作家辛·辛格说过他哥哥传授的写作秘诀：观念容易过时，事实是常青的。可见，作家的任务就是要写好故事，呈现形象。一个好的人物形象，不同的时代，人们会往形象中投放不同的观念。怎样创造小小说可持续发展的形象？

一是要写好细节。阿基米德说："给我一个支点，我可以撬动地球。"我说："给我一个核心细节，我可以支撑一篇小小说。"撬动地球的支点不可能有，但是，创造一个小小说世界的细节却存在。核心细节的运用，可以说是小小说的特性。无论人物，或者物件，在小小说里，应当包含或担当一个支撑性的细节。当我们说起一个形象，却会落实在一个典型的细节。例如，怎么用一个细节去写牙医？这个牙医声称她的记忆极差，她对别人的身份、地位、长相反应相当迟钝，甚至，一个病人坐在椅子上，离开后再坐回原位，她才能认出，那一排椅子上坐的病人，在她眼里，如同牙床排列的牙齿。有一回，她没认出来过三次很有地位的一个官员，她不得不用牙医的方式让对方张开嘴。口腔是牙齿的世界，那个世界里，这位牙医凭一颗蛀牙，立即记起对方的姓名、年龄、职业，还有病历。口腔中的那颗蛀牙的细节，不是支撑了照亮了牙医这个形象了吗？缺乏核心细节的小小说，就如同夜间没有亮光的屋子。细节可以使一篇小小说有新意。奥地利作家伯恩哈德的小小说《声音模仿者》，写了一位有名的声音模仿者，应邀到各地去表演，他能生动准确地模仿所有著名人物的讲话，可是，当听众要求他加演——模仿一下他自己的声音时，他抱歉地说，这个他办不到。这是一个丧失了自己声音的声音模仿者。这是一篇用声音这个细节写出人物的小小说。小小说作家，要发现并发出自己独特的声音，这个独特的声音由人物呈现。形象本身能发出声音。

二是要提好问题。现在许多小说（不仅仅是小小说），精神含量贫乏、稀薄，即在作品里，要么提出的是没有精神含量的问题，要么就是根本提不出什么有价值的问题，而是演绎或摆出答案（判断、结论）。作家是用形象提出问题的思索者。衡量一个作家，是看他提出问题的能力、提出有精神价值问题的能力。好的小小说是用形象提出一个逼迫读者去思考的问题。鲁迅小说中的阿Q，还有塞万提斯小说中的堂吉诃德，都是以提出问题的方式使人物形象走向当今，走向未来。其中表达出作家的疑惑和求索，作家本身也只问不答。这些形象持续地走过不同的时空，有多少读者还在寻找答案呀？正因为如此，这些形象能够穿越时间持续地活着。乌拉圭作家马里奥·贝内德蒂有篇不足七百字的小小说《表情》，主人公是个音乐神童，他演奏的各种名曲大受欢迎，可是，他没有深化演奏，而是注重自己演奏中身体的"表情"，甚至，他过分地追求"表情"而放弃了演奏，刻意把一个乐曲表演出一个"表情"，他的专场演出，已彻底地成了"表情"的表演，他不再演奏了。结尾是：他最忠实的朋友们仍聚在他家里欣赏他的无声的独奏音乐会，其实，只是表演"表情"。演奏乐曲应是他的主体，主人公却沉浸在表演"表情"上，这个钢琴演奏家由演奏乐曲转入表演"表情"。荒诞的分离值得深思：神童为什么受"表情"的诱惑走上丧失艺术的歧途？那些观众、朋友的共谋营造出的畸形气氛又起了什么作用？这个"表情"含量丰富。

要创造小小说可持续发展的形象，我的体会，可用三个比喻来归纳：一、像给石头穿衣服那样处理素材。找出特定素材的特定的表现形式，由此，摆脱模式化写作。二、像饿汉发现一颗金色的稻谷那样关注细节。饿汉舍不得吃难以充饥的一颗稻谷，他会想到一块土地，种下那颗稻谷，种了收，收了种，他会想象一片金色稻浪的形象。由此，发现小小说的新意。三、像被猛兽追逼那样呈现真正的问题，好的小小说，那鲜活的形象总会逼问、追问读者，而且，好的小小说人物形象在行进中会生发出内在的情节。丰富而又鲜明的形象具有多义性。由此，增强小小说的容量。

卡夫卡小说的一个小小的失误

十年前,我已读了数遍卡夫卡的《煤桶骑士》(又译《骑桶者》),总觉得它有失误——小说技术的失误。

我读过十卷本的卡夫卡全集,以及各种他的传记、评论,真是汗牛充栋。20世纪所有新出现的流派,几乎都可以在卡夫卡作品里找到源头。他是博尔赫斯所说的文学的"先驱",作家的作,也是我心中的"师傅"。

卡夫卡身后问世的两部长篇小说均未写出结尾——不是结尾的结尾。结尾似乎是卡夫卡的疑惑。似乎是找不到答案的疑惑。他说过:"我只是提问罢了。"他的提问得不到解答。他的众多粉丝执着地回应着他的作品。

结尾的困惑,是许多作家的困惑,往往写过头了,或是没写到位。卡夫卡小说结尾的困惑,也是作家的困惑。《煤桶骑士》的结尾,也是卡夫卡的困惑。往何处去,找不到答案。

哥伦比亚的作家加西亚·马尔克斯、中国的作家余华,还有一些著名作家,在邂逅了卡夫卡的小说《变形记》后,茅塞顿开:小说还能这样写?

卡夫卡提供了小说的一种可能。卡尔维诺用一个词来概括:轻逸。卡夫卡的小说,总有一种飞翔的形象,他采用梦幻的方式来抵达现实的本质。可能性,不确定,这是当代小说对变化着的现实的反应。

我总是时不时地进行文学的朝圣——阅读谜一样的卡夫卡。当我重温卡夫卡的《煤桶骑士》，我想：卡夫卡怎么能这样写？

如果没有那样的结尾，《煤桶骑士》无疑是一篇精致的小说。它不过一千五百字，使我体味出那么多。

一个简单的故事：一个穷汉去赊煤，遭到无情的拒绝。

这个穷汉要求很低，只要一锹最次的煤就行。假设，这个穷汉按照现实的方式，拎着空桶走着去赊煤（完全是乞讨），那么，这篇小说的文学魅力和效果就大打折扣了，不过是一般性的小说了。

但是，卡夫卡的方式是，穷汉骑着煤桶去赊煤，而且煤桶具有一匹良驹的所有优点，还赋予它飞翔的能力，像神话里长翅的飞马。煤桶驮着穷汉往天空上升，下降不到店门那么低——悬浮着。

因为煤桶空才轻，轻得飘升起来。这种轻，还给后文的老板娘用围裙一扇扇开了埋下了伏笔。这种轻逸的形象，深处都是沉重。卡夫卡善于用轻的形象表现真实的重。

冷与热升与降的对比，又衬托出穷汉的困窘。这个"轻逸"的形象，还创造出一个盲点：为什么煤店老板看不到听不见？

日常生活里，我们已习惯了人的声音来自地面——同在大地上。可是，穷汉骑着空桶，身不由己地悬浮在空中，所以造成了煤店老板视而不见，闻所未闻的"盲点"。

"并没有人啊，街道是空的。"

穷汉提醒："请您朝上面看一眼吧，您马上就会发现我的。"

这个飞翔的形象，也是卡夫卡的发现——人物处在尴尬的境地，只要往桶里铲进一锹最次的煤，煤桶就会降下来，落在地面。

可是，穷汉连一锹煤的钱也付不起。卡夫卡把看不见拓展到听不见。因为没钱就没煤，于是，老板娘的反应是：我没有见到什么，也没有听见什么。

穷汉处在"不存在"的盲点，原因是没有货币交换物资——哪怕一锹最次的煤。

这还不够，老板娘解下围裙，一扇。卡夫卡这样幽默地表达："可惜她成功了。它太轻了。"

骑煤桶的穷汉被扇往何处？结尾这样写道：我登上了冰山地带，方向不辨，永不复返。

永不复返，这是永远不归，那么，我们怎么能读到煤桶骑士的这篇自述——赊煤的悲惨遭遇？

关键是，《煤桶骑士》采用的是第一人称自述，藐视"我"的一段"消失"的经历。

永远是个"空"。煤桶也是个"空"，乞讨又是个"空"。永不复返，也是个"空"。

"我"方向不辨，永不复返，又进冰山地带，那么，这篇自述，是来自"空"的信息？"我"如何能把信息传到人间？

这是卡夫卡结尾的困惑。

帕慕克的《我的名字叫红》第一章里一个死者的自述，这是文学中的"狼说话"，因死者存在。可是，"煤桶骑士"中的"我"永不复返了——消失了（另一种不存在）。固然，第一人称的自述，有一种亲近感，能够拉近作品和读者的距离。但是，自述者"消失"在"空"里，怎么传出"实"的信息？卡夫卡没察觉到这一点吧？

所有的评论，都阐述卡夫卡小说"伟大"的合理性，以致我不敢怀疑卡夫卡的失误。甚至，我反省过是否我的鉴赏有"盲点"。我设想过这个结尾的种种合理性。

不过，这一点失误并不影响卡夫卡的伟大。

假设，将第一人称改为第三人称，那个结尾就合理了。小说的视角问题吧？可见，选择叙事视角触及小说的真实性。

《煤桶骑士》这个题目不错，额外增加了一个"骑士小说"的壳，有点堂吉诃德的困惑。骑煤桶，严冬的一场煤炭之战。围裙轻易地结束了"战斗"。所有的形象都那么"轻"，而煤桶骑士的生活是那么"重"。以轻示重，是卡夫卡的方式。

集束的能量和群体的热量
——2012 年浙江小小说（兼故事）述评

2012 年浙江小小说和故事的创作，总的印象是：数量持平，质量提升，特色显著，阵容扩大。

试问，当我们说起等一个作家的时候我们说些什么？例如，邵宝健的《永远的门》，沈宏的《走进沙漠》。仅想起一个作家众多作品中的一两篇，进而，一篇中的一个精彩细节。这已足矣！漫长时间河流中，大浪淘沙，有一篇，甚至一篇中的一个细节，能让人铭记，值得庆幸。但是，难有一个作家冲着一篇（部）作品，声称写出经典。经典难求，它是在写作过程中偶尔为之。不过，得持有精品意识。警惕在模式中滑行。创新、突破会像凶兽一样在作家身后步步紧逼。

我的目光投在 2012 年仍在坚持和活跃的作家的作品。创作的中坚和新锐值得特别关注。且用若干关键词来展开评述，它们是：系列、题材、群体、客串。

一、系列：集束的能量

尺幅之内，以小示大。在一千五百字左右一篇小小说里，可谓螺蛳壳里做道场，往往会失之单薄，而系列小小说可以弥补这种不足。

向经典深度致敬

其实，集束这个词更能概括这种方法，将若干小小说，按某种共同的属性集结起来，发挥出更大的精神能量，就像捆扎一束手榴弹实施爆破，形成单个所达不到的威力。延用"系列"说法，因为它已约定俗成。但是，好的系列小小说，有种捆扎感，而不是排列感。

特定的环境特定的人物，甚至特定的时间，每一篇可独立成篇，但一个系列里，你中有我，我中有你，相互补充，相互勾连，一束的爆发力又产生总体的效果。它使小小说的内涵丰富，外延扩大。系列小小说是小小说创作的一个新趋势、新方法、新可能。周波的镇长东沙系列、徐均生的失忆人系列、赵淑萍的小周村系列（还有校园系列、古典爱情系列）、杨光洲的心理医生系列、岑燮钧的家事系列、沈春儿的中草药系列，张庆华的交通安全系列，无疑是其中的亮点。

镇长东沙系列是周波创作的重大转折——由外向内。中国小说学会的年选本选入了一束——镇长东沙三题。周波小小说的启示有二。第一，关于深入生活的问题。时下有个热点：作家挂职——深入生活体验现实的一种中国式方式。所谓"挂"，虽然有个身份，但还有一部分"悬"着"隔"着，还是"局外人"，而任职则是"局内人"，其中，一个关键是谋。不在其位，怎谋其政。任职就得面对，避不得，绕不开。周波任的是个镇的第一把手，一个镇就像一个小社会，麻雀虽小，五脏俱全（也是小小说的特点）。周波小小说的转折正与任职时间同步。所有的烦恼、苦闷、困窘、喜悦，都身临其境，他就是生活在其中。被卷入生活的"深处"，这样，无意中，他的小小说，就有着纪实色彩，酸甜苦辣，五味俱全，其作品形态是日常生活的琐碎，当我们"深入"生活，会发现，其中没有"故事"，而是一地碎片。第二，关于官场小说的表达。现在许多官场小小说，之所以缺乏新意，其中一个原因，是视角问题，已习惯了运用政治视角社会视角看待和处理素材，来一点小揭露，发一点小愤怒，其中，媒体的社会新闻比这还要快。小说探索的唯有小说应当表现的可能。周波曾经批量制作过官场小小说系列，注重故事情节，注重官场表现，往往用的是政治或社会的视角。为此，他一度调整，转而写童年系列。近三年，他重返官场小小说，却以"镇长东沙"的姿态出现，用的是人性的视角，故事隐在背后，铺出了一地碎片，人物就在碎片中找下脚的地方前进，时不时还透露出自嘲自侃式的幽默，散发出带着微笑的无奈。重要的是，人物"深入"（或沉入）日常生活的琐碎，首先是个人，把东沙当个人来写，而穿透了表层的"官"。

　　周波找到了小小说的方法——看待现实，处理素材。雷蒙德·卡佛说过："一个作家找到了看待世界的独特方式，就成功了一半。"那么，另一半就是表达了。东沙镇长三题：《形象》《摆平》《理由》，就建立在日常琐碎生活基础上，其中，不经意地展示出存在的悖论：《形象》里，深入工地现场，东沙的穿着像个农民，可领导要他像个"官员"，这个不拘小节、穿着随便的镇长，于是开始在意形象——打扮。照镜子时自审"我是谁"，这种注重形象的机制促动着他注重形象，由此引发了不同的猜疑，妻子以为他有外遇，他自身摆起官架子（背手走路），这种形象机制进入家庭，他穿睡衣。睡觉时穿给谁看？衣和人物的形象获得了幽默乃至荒诞。《摆平》里东沙好不容易摆平了外边，却摆不平家里——他落在庞杂的人际关系网里，恨不得拔"一撮毛"，变成无数个东沙，满足所有人的"需要"。其中有一个小小的头疼，领导让他安插一个临时工，可之前，又是领导布置精减临时人员。一不留神，他就落在现实的两难之中。《理由》中，个人的理由和集体的理由之间，东沙的种种理由都无奈地被颠覆被淹没，不过，他仍以笑应对。镇长东沙三题，可见周波小小说之一斑。他早先的小小说，情节线索写得很明朗、清晰，现在这个系列，他已自觉地表现日常生活中尴尬的人物那情感模糊和莫名的地带，从而进入人性隐秘的深处。

向经典深度致敬

徐均生的失忆人系列，采取了荒诞的手法，将不可能写成一种可能。失忆人的各种遭遇、各个侧面，随着"系列"的展开和延续，逐渐丰满。《救人》里，失忆人遭遇了救人的两难悖论和两难选择。一种集体性质的救人狂热，只有跳入水才算"参与"救人，而非凡的英勇得跳入水获得认可；跳入水"救人"不在于会不会游泳，而在于跳不跳入水"参与"——全村人都跳入水"救人"，其中有一半以上不会游泳，唯一没有跳入水的失忆人就孤独了，他不会游泳，只在岸上救助，但这不算"救人"；其中媒体也强化了入水"救人"的狂热。于是，失忆人不得不滑入水，引发全村又一场"救人"，由此，他被村庄接纳了，并发出感慨：救人的感觉，真好！徐均生把"救人"推向狂热的极端，失忆人不被孤立的方式是：从众、落水。

此为徐均生失忆人系列中把持得较为适度的一篇。他习惯的方式是，有一个好点子，再通过一种境遇——极端的场景和对话演绎出来。但若操作失当的话，会成为"点子"的演绎。值得警惕的一点是，仍有，滕刚小小说（异乡人系列）影子在笼罩。人物从众，创作则忌从众。

徐均生没有透露过主人公失忆人的"尊姓大名"，但这个"失忆人"的典型，使人想到有些狂热现象为何能以似曾相识的方式"重演"，其中一个原因是集体"失忆"：断裂或遗忘了历史。由此，失忆人具有了普遍意义。

赵淑萍交替操作三个系列：小周村系列、校园系列、古典爱情系列。小周村系列偏重笔记体小说，校园系列或诗意或讽刺，而古典爱情系列传递出作者厚实的古典文学底子和古典传统情怀，但想象飞扬，能叫一面镜子传情，让一堵墙说话，由一把扇子传情。赵淑萍的小小说每一篇都有一个有内涵且撑得住的细节，用细节照亮故事照亮人物。一个作家要有细节意识。《妈妈的布鞋》由布鞋这个物件——细节贯穿始终。妈妈是个目不识丁的乡村女人，爸爸是四季穿布鞋的大学教授，儿子则是要上大学穿皮鞋的青年。在漫长的人生道路上，那手工缝制的布鞋已是背离时尚的标志。作品把笔墨的重点放在不穿布鞋而藏起布鞋的选择里，宽容的妈妈仍坚持做并且送，并不强迫儿子穿，偶尔表露出无奈的笑。儿子穿皮鞋做生意，爸爸出面，委婉地要儿子回家看母亲。从容的叙述中，没有写妈妈的埋怨，但形象的背后，我们能感到妈妈的哀伤：布鞋是她关爱儿子的表达。结尾，妈妈弥留之际，儿子带着孙子来探望妈妈。妈妈睁开眼，抬起手，指向柜子——里边有一大一小的两双白底黑面的簇新布鞋。进而，点到黑面子里面有一点血痕（寓意心血）。儿子孙子好像接受检阅的两个兵，穿着布鞋，在她床前走。点到了孙子模仿爸爸，于是，母亲的眼一亮，脸一笑，安详去世。那一亮，也照亮了妈妈的人生，同时，照亮了一家人。可怜天下父母心。但温暖的深处隐藏着酸疼。此作为校园系列中的一篇，写得从容而又节制。值得铭记的是寓意着母爱的手工布鞋，终于获得了回应。

周波让一个东沙镇长立起一个古镇，徐均生让失忆人总"在路上"漂泊，赵淑萍有一个众多村民的小周村，岑燮钧则把单位缩得更小——一个三代人的家庭（家庭是社会最小的细胞），而沈春儿则选择中草药串联系列，每一篇只写一味草药，每一味草药都针对人物或身体或灵魂的疾病。他（她）们都在用文学的方式创建自己独特的"世界"。

二、题材：大海啊大海

相当长的时间里，我期待舟山作家启动关于大海的小小说。是什么原因，大海为什么迟迟不出现在他（她）的作品里呢？难道是打小在那里生活，太熟悉吗？中国的小说，包括小小说，海洋题材一向薄弱。浙江省有漫长的海岸线，我期望大海的气息冲进小小说。

　　准备好了吗？终于亮相。且看，立夏的两篇小小说怎么展现大海中的人，小岛上的人？

　　《小莫的海底》用第一人称的视角，写"我"与小莫的漫长的成长经历。4岁到"我"大学毕业——两个小伙伴慢慢走上不同的人生道路。小莫水性很好，写他潜入海中，迟迟不浮上来，"似乎很喜欢待在海底"。故事中没有交代小莫爹娘怎么去世，却能猜定与大海有关。小莫作为孤儿，早已挑起另外一种生活，潜入海中采淡菜。立夏不经意地点出"我"只看海的表面，而海底是属于小莫的另一个世界。铺垫到尾处，两个人潜入海，"我"没有看到任何想看到的东西，开头小莫那个下水前必做的挥手动作有了回应，立夏用了"沉默"一词，然后，小莫说："其实每次挥手，都是跟你说再见，下去再也不上来了，我要跟我爹娘在一起。"问为什么从没看见你哭过，小莫指大海："它看到过。"这简洁的三组对话，写出了一个靠大海生活的男子汉的苦和爱。一个没哭过的人的泪和一片滋养他的大海的水，水融入大，水融入水。可见一个男人的胸怀。挥手的细节含量丰富。小莫的海底也是心灵的海底。

　　《像飞一样》时代气息强烈了，"我"承担了公司开发荒岛求生的项目，选择的小岛里只剩几位老人，其中七十多岁的阿优婆保持着过去的生活方式，使用着陈旧的生活用具，而且，阿优婆一辈子也没出过小岛。能自足生活的阿优婆和荒岛求生项目的开发形成鲜明的反差。开发启动时，第一件事就是运两辆汽车登岛。一个飞翔的结尾，老太婆像小孩一样好奇地坐进车。越野车在荒岛的海滩疾驰，过惯了慢生活的阿优婆，如同小孩一样说："真的很快啊，像飞一样。"老人的心第一次起飞了。留给读者的想象是：荒岛求生项目将给一辈子生活在荒岛上的老人带来不仅仅是"飞"吧？确实，现实的发展，像飞一样快。然而，慢和快之间如何平衡？

远山写了大海的另一面：诗意。《莲花姑娘》，一个是乘船在岛与岛之间来往的邮递员，一个是仅有七户人家的小岛上的唯一订一份报纸的姑娘。邮递员生出微妙的爱意，姑娘却出嫁离开了小岛。远山安置了一种望潮花，表达邮递员的心意，而姑娘回报的是像在叙说什么的大海螺，但是，唯独爱情错了位。一个绝妙的细节——晒报纸，表达小岛的居民对承载信息的报纸的敬重：满院子铺满了旧报纸，晒霉——不识字的岛民如此爱惜报纸。姑娘出嫁离岛，岛上没人读报了。莲花岛那个叫莲花的姑娘，如同仙女，而莲花岛，如同浮在大海中的一朵安静的莲花。纯美之外是不是还带点孤寂？《忆江南》，像一首诗。用第二人称。大海与大地，是两种生活状态的环境。主人公是大海的女儿，却向往大地的生活。一场大雨中，大地的男子和大海的女子邂逅了，仅一个守护：让女子洗热水澡驱寒，一笔反应：当温热的水亲吻到冰凉的肌肤的那一刻你沉醉地呻吟了一下。冷和热遭遇，作者用了"呻吟了一下"，很微妙。于是，所有的戒备、隔膜消失了。一年后的同一天再来，作者强化着一个富有诗意的形象：不知名的放蜂人。放蜂不也是追花吗？雨、草、蜂，均为江南的元素。忆江南，与其说是向往大地，倒不如说追忆大地上的人。这是自小生活在小海岛上的姑娘的诗意的大地。

　　曹宁元则把触角伸向海岛的历史（战争、文化）。《军人伍》是讲现在旧坟搬迁，只剩一座不起眼的残坟，"军人伍"依稀可见，负责旧坟拆迁的伍局长探访出小岛解放前夕的一场战斗。于是易地重建了无名烈士的坟墓，面对大海，历史和现实建立起一种关系。《老向导》起因是地名普查，叫李生根的老向导，生活在海岛，扎根于文化，可是，老向导碰上了新问题：建设趋同现象，包括起名。县、市同一个名称的宾馆，他走了个错位。城市化建设如何保留传统文化的遗产？作者用文学的方式提出了问题。

　　十多年前，我第一次去舟山群岛——发现其中岱山这座岛竟没有一棵粗壮高大的树。沿街的树，都高不过房子。树是历史悠久的标志。一个每年遭受十几场台风侵袭的岛屿，台风能掀动偌大的石头，那树还敢探出头吗？写台风对海岛的侵袭，不直接写台风，而是写树木，这不是小小说的方法吗？大海不也由浪花、贝壳这些小东西来表达吗？

列举的三位作家，用各自的方式写出了大海——大海中的人。角度和细节方显探索人物灵魂"海底"的巧妙。

三、群体：胡杨现象

在沙漠生活，再看见海，我就想，沙漠是凝固的大海，大海是波动的沙漠。沙漠里有一种植物：胡杨树。罕见一棵孤单单的胡杨树，胡杨树总以群体的形态生存。观察多了，发现一棵粗壮的胡杨树周围，总聚集着许多稍小的胡杨，如果最大的胡杨是圆心的话，那么，在呈现波次的一圈一圈胡杨，渐远渐小。而且，一棵胡杨树有两种叶子，树冠是杨树样的叶片，树腰是柳树般的叶子。

这就是神奇的胡杨，可比作小小说作家的胡杨现象：一个分量的作家能激起一批小小说作者的创作热情。国内曾关注了舟山的小小说现象，有一个周波，打出小小说旗号，响应者甚众，赵悠燕、立夏、远山、曹宁元、李慧慧等几十位作家，短时间里就形成了"胡杨现象"。其中数位很快进入国内小小说界的中坚力量。衢州的徐均生，也和一批小小说作者，形成一种良好的创作氛围。（例如：王中华的文化小小说，丁黎明的诗意小小说，陶群力的讽刺小小说。）徐水法是浦江县小小说群体的代表作家。宁波的小小说作家也如雨后春笋，赵淑萍、吴鲁言、苏平、乐胜龙、沈春儿等，是中坚力量，2012年就有十几位加盟，其中岑燮钧、陈春玲、翁杰、彭素虹起点高。

舟山的赵悠燕 2012 年作品一个良好的转机是空灵。其小小说中时常出现小孩。《水缸里的爱》和《杀鸡给谁看》，一个温暖，一个残忍。《水缸里的爱》里，主人公考上重点中学，却因为家庭拮据，没钱读书。周老师出面怎么说服？主人公的视角里，说服的内容省略了——小小说要善于留空白。这个孩子已知家里的负担，有了愧疚。穷人的孩子早当家。作品的方向感没有往他兼做建筑工地的小工去写，而是写他悄悄地为周老师挑水，于是发现缸盖上周老师的一张纸条（阻止他挑水）和一袋干粮（供他上工地干活食用）。这个细节又推进一步，"袋子里还是热的"。师生之情多么温暖！农民的孩子，有农民朴素的道德取向：知恩图报。

《杀鸡给谁看》，是城里乡下的两个孩子，因为父母双方是朋友，达成了交换培养的约定，培养的方向是：要乡下的孩子爱看书，要城里的孩子有胆量。乡下的孩子已表现了杀鸡的利索。赵悠燕运用了城里的母亲的视角，效果是制造悬念、省略笔墨，结尾部分，她亲眼见识了胆小鬼儿子有了胆大的表现。问题是，儿子走了极端，"杀"的来劲有瘾了，这个关于胆量的功课有了荒诞意味：不光杀完了公鸡，连那些正在下蛋的母鸡都杀了。还声称："妈，原来杀鸡蛮好玩。"无意之中，儿子炫耀起暴力。杀鸡给谁看？给母亲？给自己？更是给读者。想象那羽毛像雪花在飘，孩子的敬畏和纯洁就这样轻易地飘走了。赵悠燕的小小说，表达得很沉着、扎实，贴着人物慢慢地展开，而且，总有个有含量的细节：纸条、干粮、羽毛。

浦江县的小小说群体，以徐水法为代表，集结了诸如方再红、张以进等十余位作者，大多是新手，且注重故事情节。

其中，孔繁强的小小说《李钟表》传奇色彩浓重，品位略高一筹之处是，他在日常生活的神秘云雾背后，却步步暗藏杀机，而且，这种神秘处理得不露声色。时代背景为抗日战争。李钟表将钟表制作为定时炸弹。曲折的情节里，惩罚、背叛、爱情，每个人各得其所。

向经典深度致敬

李钟表在正反两拨人物的关系中"立"了起来。小小说的重要任务是写活人物，情节为人物服务，细节为人物增光。《李钟表》里的怀表、麦饼的物件蕴含着人性的光芒。

徐水法最近的创作有一个明显的追求，他能给每一个素材找到一个贴切的形式。这对用同一模式写不同题材的作者无疑是个有益的启示。我曾注意过一位高产的作家的创作，写了几十年，结构方式，表达语言，都没有变化——什么菜都往几十年如一日的篮子里装。而徐水法的小小说追求独特性。《鱼化龙》和《黄洋上树》，不同时代不同故事，他运用了不同手法不同语调。《鱼化龙》里，鲁、周两家木器店争当本地的行业龙头，在徐家一套院落里，既融合出两家手艺的精华，又展现出各自的独特，但雕刻飞龙招来了谋反之嫌。周记老板沉着应对，表现出民间智慧对皇帝忌讳的灵活变通，却又彰显竞争中的豁达和包容，周记老板挽留外来户鲁记老板——做个朋友也做个对手。因为，幸亏有鲁记老板，才激发了他求艺思进。这是对中国式嫉妒的反用。古代故事用文绉绉的语言，像周鲁两家一样和谐。如果《鱼化龙》有笔记体小说的风格，那么，《黄洋上树》则具荒诞小说的底蕴。《黄洋上树》起初给出了诗意。主人公黄洋突冒一个"上树"的念头，进城打工半年，他想上树看城市的风景，继而，将眼前的城市和怀念的乡村作了联想对比——扣住一个点：上树。正是由这个小小的角度、物件切入，我们以为故事发展的方向是诗意（一种怀念乡村的方式）。上树所见的城市和乡村的风景有什么不同？但是，情节展开的方向突转——这种在树上的行动被城里人误读为自杀行为，随之而来的是劝阻、说服。树上树下，形成了荒诞的错位。而且，黄洋下树，仍被市民猜测脑子肯定有病。一个人的美好行为，却被一座城市的良好的劝阻给颠覆了，于是诗意突转为荒诞。

值得一提的是宁波作家吴鲁言的一篇被忽视了的《最后一幅画》。

当前的小小说创作，有一个需要警惕的现象：灵魂缺席，细节缺乏，许多作品在故事的流程上滑行。而《最后一幅画》是关注灵魂、珍视细节之佳作，也是吴鲁言小小说创作的一个突破。核心事件是修复宋代的吴家大院，六十年没有回过故里的九十高龄的吴思大师出席剪彩仪式，而大师已封笔，选择一个陪同吴大师的小孩颇费周折。此作在从容的铺垫和渲染中，八岁的小女孩陈亦饰成为最佳人选。这个活泼伶俐的小女孩最后发挥了作用。已封笔的吴大师当场欣然作画（一只灵动的猫跃然纸上）——这也是主办方的愿望。吴大师当即将画赠送给小女孩。小女孩说："爷爷，您还没有落款盖章呢！"吴大师显然没有带印章。小女孩进而说："爷爷您不盖章，这画就不值钱。"吴大师惊叹："啊？"

结尾的三段对话，简洁有力。吴大师惊叹，读者也惊叹——这是"救救孩子"的惊叹。不盖章不值钱又使前边的细节现出闪电般的光亮。一是在一次"未来之星"的绘画比赛中，小女孩未能获名次，她竟然勇敢地向局长请求再增加她一个；二是给吴大师表演她画《春燕衔泥》，实为各方辅导她练习了一个来月。她的画成为"诱饵"，小孩的画钓大师的画。吴鲁言写出了小女孩被侵蚀的灵魂。

《最后一幅画》的大背景是文化热。恢复、重建名人故居是"热"的一种。此作正是建筑在这个历史文化的根基之上的一个"小景点"。更可贵的是在常态生活中发现了异常，显现出吴鲁言潜入人物灵魂的敏锐。怎么潜入？那就是用细节。

浙江有若干个地域性的故事圈。以丰国需为代表的余杭故事群体。桐乡的群体有：沈海清、徐正风、陈曼青、俞泉江、沈一、吕品等，频繁地在国内故事类刊物亮相。其明显的特色是善于利用民间故事和传说的"库存"资源，表现出传奇色彩，有些篇什很离奇。例如：陈曼青的《猫咪》，人的冷酷和猫的温暖，形成对比，但后半的情节方向，因为过分追求情节的离奇，而失却文学的真实。倒是徐正风《花钱买个贼来做》，保持传奇又不失品位，在那个相互揭发的年代，他写了互相呵护，即护短。核心元素是那一笔丢失的20元钱。一个一个出面护主人公（因为一旦是他，就丢了饭碗），包袱最后抖出，是集体护他。而且是假托耗神（鼠神），当铺供的是神（耗子神），将民俗元素妥帖地安放在故事中发挥出有意味的效果。题目起个《护》是不是更为含蓄雅致呢？吕品的作品的品位偏向于小小说。

丰国需的许多故事也可以划为小小说，只不过以情节见长——不失为小小说的可读性颇强的一路，同一篇作品，是故事，也可为小小说，就像胡杨的两种叶子，凭叶子，能说胡杨是属杨树还是柳树吗？但是，第一，要提升文学的品质，即怎么将故事向小小说靠拢（如果想靠的话）？得运用小说的手法。小小说固然是讲一个故事，但也不仅仅是单纯地讲一个故事。第二，要利用"库存"资源，有个小说式的转化问题。《花钱买个贼来做》，那个耗神民俗的利用，给作品增加了亮点。中外作家利用这类"库存"资源，可借鉴的有法国的尤瑟纳尔·图尼尔埃，日本的芥川龙之介，中国的鲁迅、莫言。他（她）们各有各的利用方法。

四、客串：一种跨界式写作

如果说，从作品规模上看，余杭、桐乡的故事创作，一不留神，就串出具有小小说品位的故事，那么，许仙的跨度就大了，他过去以中短篇小说见长，突然客串小小说，一些朋友以为小小说界闯进了一匹黑马。其实，掌控过"大"的了，操作起"小"的还难吗？他的小小说创作，呈现出"喷发"的态势，而且，表现方式多样且自如。作品虽然"小"，但隐在背后总有个"大"。

散文也可直接"客串"。帕蒂古丽的大梁坡村系列中许多精短散文，不是可以视为小小说吗？文无定法。可怕的是固定了小小说之法。小小说应当表现出独特的多样的可能性。我们约定俗成的"小小说"，往往潜意识里束缚住了一些作者。其实，小小说因为"小"，它灵活，它探索的可能性的空间广阔。它甚至能跨文体"客串"。

许仙的小小说，探索实验的意识强烈。举例两篇。《一个时代的车祸》和《爱人树》，一破一立，均为"轻逸"的写法。许仙小小说的形象，总感到像一声枪响，惊飞了一群鸟儿。

《一个时代的车祸》，把抽象的概念用拟人化的手法表现，并将这种抽象赋予具体的人，实为泛指。一个叫道德的女孩，被一辆叫"拼爹时代"的跑车撞倒在血泊中，从而引出路过的人，一对母女叫良知和诚信，一位老人叫公德，少妇叫知性，这样，十七个路过的人，都有标签式的标志着美好高尚精神的名字，这些人物都冷漠地丧失了与名字相应的精神，均离开车祸现场，第十八个人叫同情，援救了叫道德的女孩——尚未脱离生命危险。结尾，主治医师诊断：道德即使能苏醒过来，今后也可能变成残废。这是"一个时代的车祸"的寓意。许仙的笔有点狠了，但是，一连串的"破"（缺失、丧失），不是给我们以"立"之迫切的警示吗？！

这种抽象的概念拟人化，使我想到意大利作家布扎蒂惯用的表现手法，土耳其作家帕慕克在《我的名字叫红》里，用得更为热闹，一条狗，一棵树，一种红色等等，都自述。意大利作家艾科给这种"轻逸"的形象一个有趣的说法："当你走进小说林，你要做好精神准备，那里边，狼会说话。"

《爱人树》里，许仙不仅让树说话，还让树单相思。同样，浙江另一位作家赵淑萍，在古典爱情系列小小说里，让扇子让利剑让墙说话，物件成为主角。许仙在《爱人树》里，这棵性别为少女的树，承诺了三百年，她爱的男人，已在时间中轮回了。树不得不转为屋的材料，接受水与火的考验。树成了生死轮回生命繁衍的见证，

向经典深度致敬

只能表达一种渴望而不可求的爱。这种爱，穿越时空，"立"住了。遗憾的是男人没感到，他只知道，她是一棵树。

两篇小小说，某种程度代表了许仙的两套笔法，能够冷酷无情，也能热情洋溢。阅读多了许仙的小小说，就察觉，其题材，古今中外，均有涉猎，其手法，荒诞、魔幻、讽刺、幽默、夸张，呈现多样；然而一想，他挥舞十八般武艺，东拼西搏，驰骋疆场，似乎"破"多"立"少，他留守的地盘（土地）在何处？他最拿手的武艺是哪样？作家应当有一个"野心"，用自己的材料用自己的方式，建立起一个自足的文学世界。

抱着一种发现什么的好奇，我边读边想边记。2012年浙江小小说、故事就这么阅过了（一些作家未能提供发表的作品）。整理出笔记，我莫名其妙地闻到花香，可是，还不到花开的时节呀？是花准备开尚未开的时节。

顿时，我想到2012年秋天的丹桂飘香。我居住的那幢楼，一个女孩立在楼下，向七楼的妈妈呼喊："把我的书包带下来。"母亲下来，责怪小女孩，怎么把重要的书包忘在了楼上？

小女孩惊喜地说："妈，你闻到桂花香了？"

母亲不以为然地说："我早闻到了，你这么快跑下来，你闻闻桂花就能进步吗？好了好了，赶紧上学。"

小女孩的表情，像第一次并由她第一个发现桂花开放那样惊奇。而她的母亲似乎年复一年，习惯了花开花谢了。那是她眼中"没用的东西"。

小女孩的惊奇是花开——没用的东西，母亲的关注是书包——有用的东西。

发现的方式是好奇，但是，更难得的是惊奇，比好奇还要好奇的一种兴趣。我想，什么时候我遗失了惊奇？仅存了一点可怜的好奇。

确实，文学——小说、故事是关注"没有的东西"——人类永恒而又普遍的情感、灵魂。立夏在《小莫的海底》关注得那么深，许仙在《一个时代的车祸》关注得那么狠——这就是发现的惊奇。惊奇已稀缺了。

　　所以，我期待 2013 年浙江的小小说、故事里，给我们带来惊奇——特别是日常生活的惊奇，像小女孩惊奇花开那样。

你能听见花开的声音吗

——2013年浙江小小说（兼故事）述评

听着过年的声音，读着去年的作品——2013年浙江作家的小小说和故事，像儿时，一家一家去拜年，好奇地期待，将有什么人来招呼？将收到什么小礼物？

一、一种可能性的呈现

当下，相当多的小小说写得太像小小说了。谁规定了非得要那样写？可是，许多作者确实在那么滑行。

我们在什么时候建立起了文体的壁垒？一种文体尚未充分舒展开来，我们就过早地固定了它，或说，束缚了它的多种可能性？

其实，谁也没有硬性规定，是我们自己潜意识里存在着一种文体的概念，像约定俗成的定势：那就是小小说，小小说就应该那样写。

不妨做个试验，给作品贴上标签。如果给小小说贴上散文的标签，或给散文贴上小小说的标签，可能做出怎么的条件反射——启动内存的潜意识的散文概念衡量贴了散文标签的小小说，反之亦然。那个标签像为你指引着阅读的方向，被标签牵着牛鼻子走或被内存的概念驱动着行。这是个有趣的现象。但是，标签和定势进入创作的层面，那就可怕了。

在此，突破一下所谓文体的壁垒。偶然的契机，遇见了2013年第9期《文学界》海飞的《笼罩着或者飘荡在林庄》和第7期《山花》包兴桐的《一个乡村的背影》。文体的标签是散文，而且是系列散文，不约而同地写了"一个人的村庄"。像江南某地发现的遗址，那是他们童年的遗址。

暂且别在意散文标签，视其为小小说吧。海飞的这个系列，每一篇写一种粪：猪粪，羊粪，牛粪，鸡粪，鸭粪，人粪，最后一篇是化肥——人造的"粪"。系列粪相应地有一个人，每一篇中的人还有个意向，执着地追寻或偏爱着一种粪，而粪的尽头，抵达了土地，庄稼，蔬菜，花朵；但是，海飞只扣着粪来写，那种臭的气味，渐渐地转化为香的作物，都落在乡村的土地上，从而表现出农户对土地别样的热爱。

《大雪笼罩九斤佬和村庄》，老光棍九斤佬，积存的粪是全村最多的，但他的地是村子里最少的，因为，他只分到一个人的土地。他的癖好是追随肥硕的猪，拾肥猪拉下的冒着热气的粪。海飞还设定了大雾，使得这个九斤佬的行为笼上了神秘。他在寻觅猪粪的途中突然夭亡。一头肥猪拱他的身子，好像催促这位拾粪老人起来。那积存的粪因为失去了主人，进行着粪的命运：发酵，飞扬。海飞进而写了九斤佬的轮回：存粪的地方长起了一棵树，很像九斤佬拾粪的姿势。作为童年视角的"我"已将驼背树叫成九斤佬。一天，父子抬着一根木头经过。"我"向这棵树也就是九斤佬问好，然后，走出很远的时候，"我"突然听到了驼背树在身后叽叽叽地笑起来。

海飞引入了民间神话。生命的轮回和执着，带着魔幻色彩。古老的村庄，物有灵性，唯有小孩能发现其中的隐秘。

《乐乐在春天的气味里》有什么气味？羊粪的气味。这个又傻又脏的乐乐，总是唱歌，总是欢笑。因为有她这么个妹妹，哥哥娶不上老婆。乐乐就去割草，没有割回草，却捡了一篮子羊粪回来。她视羊粪为豇豆，说："我捡回来一篮豇豆，今晚我们有豇豆吃了。"哥哥的反应可想而知：踩扁篮子。乐乐羊痫风发作，手里抓着一大把豇豆。她的智力（幻觉）已把羊粪和豇豆混淆了。于是，乐乐消失在春天的气味里，而哥哥终于娶上了一个外地来的老婆，哥哥的老婆也像乐乐一样倒在地上发了羊痫风。人与人，人与物之间，总有什么相互关联？设想，乐乐消失在气味里，那是羊粪的气味吧？

这个系列里，有一个童年的"我"穿起或穿越村庄里的物事，其中包括着少年的成长和村庄的变迁。最后一篇，化肥侵入了村庄。海飞写了化肥的气味：刺鼻，而且，打了一个又一个喷嚏。这种东西能速催庄稼，于是，原有的粪味，渐渐淡去。用粪写人物，写村庄，而且，着意写气味、气氛、气息，使作品弥漫着雾一样的神秘、缥缈，但是，拨开迷雾，能看见人物的生存境况。粪的气味穿越和弥漫整个系列，却总让我们闻到土地上生长出来的"香"。

包兴桐的这个系列，同样采取了童年的视角，表现了"一个乡村的背影"。他也给人物配套了相应的细节：野菜，蜂蜜，枫树，雨水，锄头，甜玉米，落花生以及一个人的动作节奏——慢。物与人结成关系，隐隐地由厚土托着。那乡村的背影，由物的细节传达。

《锄头》中村庄里差不多每个小孩都有一把小尖锄。这把小尖锄和小男孩的邂逅，似乎是宿命。按照乡村里的规矩，得等待失主。等不到失主，小男孩就成了小尖锄的主人了。因为小尖锄的出现，小男孩被改变了。"被"字相当微妙，否定了人是物的主宰这个观念，暗示了乡村里物件的灵性。海飞和包兴桐都写了这种微妙的灵性。由小尖锄，拓展或发掘了小男孩的视野，地上和地上那么多的神秘物事，同时，也改变了村庄。

《慢人》写的是小男孩害怕的慢人。作者用细节写了慢人令人揪心的慢的程度，特别是慢人看人，好像要把你的脸一寸一寸地看仔细。看太阳，看风，看树。后来，慢人的眼瞎了，可是，慢人的手脚好像比眼睛没瞎前还利索。于是，小男孩不怕慢人了。有趣的是，慢人失明后，村里的很多事，明眼的村长都来求教失明的慢人。作者没有写慢相对的快，但是，我们能够感到村民因为快而忽略和错过的细节，这些只能在慢节奏时能够看见。

《落花生》里，妈妈撑着这个家，主要指干农活，而爸爸是正经的农作物种不好，只会在田间地头种点零食——落花生。在农村，这是很丢人很无能的表现，况且，妈妈还是村里有名的大美人。这对夫妻靠什么稳固婚姻？可是，爸爸种了落花生，还将落花生煮出美妙的香味。这种香味飘出去，像铺出了气味的路。无能成就了爸爸？还是香味赢得了妈妈？而小男孩说的和闻的感觉截然相反：妈，为什么不跟他离婚？

海飞和包兴桐的作品，像雾像雨，能见度都低。如果重新贴个标签，他们是散文化小小说。汪曾祺的许多小说也像散文。

1947年，汪曾祺说："一般小说太像个小说了，因而不十分是小说。"接着，他说，"选定一个尺度，很难。"

其实，汪曾祺是想给惯常的小说"破戒"。晚年，也就是新时期，年届六十的汪曾祺进入了创作的喷发期，他实践了"破戒"，颠覆当时的小说观念，冲破当时的小说壁垒，展现出一种小说的可能性。他相当多的作品是小小说。他终于有了话语权："我的一些小说不大像小说，或者根本就不是小说。"他还说，"我也不喜欢太像小说的小说。"

汪曾祺给当时的文坛吹来一股纯朴、清新的气息：小说还能这样写。马尔克斯读卡夫卡的《变形计》也豁然开朗：小说还能这样写？！

文学史，某种意义小说，是由一系列可能性的发现和实现构成。

海飞和包兴桐的系列作品，呈现了小小说的一种可能性。反过来，不也增强了散文的可能性了吗？有小说意味的散文，替小说松绑，破戒。如果可以延伸，值得推荐的还有苏沧桑、帕蒂古丽、干亚群、樵夫的散文化小说，或说小说意味的散文。有一点不约而同，帕蒂古丽、干亚群也用童年的视角，写了"一个人的村庄"。对比阅读四位作家的"一个人的村庄"，我发现了其中的小说意味和元素。这种意味包含了放松的虚构，个别篇什，还被小小说选刊和选本所选载。总之，小小说应当是最机灵最自在的文体，它还潜伏着更多的可能性，有待挖掘，有待拓展。

二、让我们认识了什么人物

先谈死了的人物。

鲁迅最有力量最有深度的几篇小说，人物都死了。鲁迅是个有精神能量的作家。不是他要把人物往死里写，而是写出了死的必然。但文学意义上，人物却活了。比如阿 Q，还时不时活在我们身边。孔乙己，祥林嫂，不也活着？而许多作家的小说里，人物活着，却在读者心中死了。

作家把人物写死，不必负法律责任。小说里，死人的事儿是经常发生的。死有两种：一种是必死，作家拦也拦不住，说：我也没办法不叫人物死。另一种是假死，假在作家的操作。作家自身的能量不足，不知让人物怎么走，索性给人物制造一个意外，轻易地把人物写死了。往往前者是内在情节，后者是外在情节。

统计一下 2013 年的小小说（故事）到底死了多少人物，考虑到还有些作家的作品未报，只能定为据不完全统计：死亡十三人。其中包括海飞笔下的九斤佬、乐乐，陈效平《母亲的童谣》中的母亲。

印象鲜明的有三个人物之死。徐水法的《许武之死》。许武是个刻板、教条的人物，作品以"我"这一老同学的身份探寻许武的死因而展开。妙处，一是，介入的方式——紧缩并调节了文本；二是，煞有介事地描述许武对技术、规定等的讲究，而这样的叙述与许武的性格十分吻合。许武的教条到了可笑的地步，最后，死在步行过马路时，他按驾车应遵守的交通规则来步行。小说如果有个人物谱系的话，那么，我想到许行的《立正》，更重要的是契诃夫的《套中人》。许武是《套中人》的变体，可以列入"套中人"的谱系。徐水法的这篇小小说"跳"出了他原先的模式，表现手法和人物形象均有新意。

王英的《穿过那扇恐惧的门》，两个人物，一活，一死。黑夜的老宅里，两个人隔着一道黑色蝴蝶的木门，而且，脚心在门角的缝隙相对。这道生死之门，活着的十三虚岁的女孩探索死了的十八岁的男人之死，两个人仅一面之缘——竹行的临时工（穷得上不了大学），给女孩讲过一个男僵尸的故事。作者用散文化的语言，由脚至眼，接触死者。那一盏油灯的细节，仿佛是复活的象征，微弱的光亮照亮了渺小的生命。甚至女孩召唤：你给我起来了。她要用自己的死置换他的生。可两个人之间的关系，仅来自僵尸复活的故事。这是女孩第一次经历生命的体验——拒绝了死亡的恐惧。他继续着他的死亡，她仍继续着她的生命，死亡像夜色一样弥漫。一盏油灯的细节，茫茫夜里的一点光亮，很微弱，却很有力量。

徐家骏的《飘摇的文竹》。很难统计已有多少作品写了母亲，但这一篇有时代的气息，一个留学的儿子和母亲的故事。作品的场景分为国外和国内，情节的入口是儿子回国，他最后一次打开多伦多租屋里的电脑，看母亲的照片。母亲的形象：永远的微笑和身边的文竹。所有的伏笔都藏在其中,包括姐姐用傻瓜相机拍母亲的照片。母亲织毛衣,学电脑。学电脑是为了给国外的儿子发"伊妹儿"。然后,儿子回到国内。母亲却没来开门。作者用了钥匙的细节延缓相见,我已猜到其母之死。儿子一直以为在跟母亲网上交流,其实都是姐姐集中拍照,分期发送,传递母亲活着的信息。网络的虚幻性:一切照样,死亡被掩饰。母亲爱的博大。照片、文竹的细节,前后照应,是母亲的周密,也是作者的周密。

十三个死了的人物,其中三位死于癌症。徐家俊的《飘摇的文竹》写出了死的逻辑:积劳成疾。徐水法的另一篇《田花》,主人公田花当初嫁男人为了还债,可是命运作弄人,她爱的人发了财,而她的丈夫下岗。她没得到恋人的原谅,这秘密压得她很苦很累。得了癌症,都为了活给田旺看,癌细胞减少。作者给田花这么个结尾,是不忍还是心软?孔繁强的《电工阿光》,身上有美丽的闪光,凭借实力,一步一步赢得好口碑。县里分配来一个电工名额,公正的村长选择了阿光,因此,村长的儿子跟村长闹翻。于是,作者让村长患了绝症,完全可以选村长不死呀。

竹剑飞的《五味子》和《张屠夫》,时代背景为抗日战争。五味子眼里只有病人,张屠夫眼里只有猪,性格鲜明,情节传奇。五味子不在乎村民的误解,用医生的方式献身。药可救人,也可杀人。作者采取了笔记体小说的铺叙,渲染。五味子在危急关头,沉着从容地做出了选择。曹宁元的《割叶子》。那行当就是快速割掉缠住螺旋桨的渔网。父亲死于割叶子,儿子由此发誓不再割叶子。初冬,一艘渡船螺旋桨被缠,乘客骚乱。儿子破戒"割叶子"。度人还是度己?由此,他又子承父业,割叶子。大海,渡船,父亲,儿子,成了有意味的关系。总觉得笔触还能像割叶子的阿海那种往深处"潜一潜"。

作家把人物写死,要死得有道理——符合小说的逻辑。不过,想一想，现实生活里，有时人死得却没道理，很意外，是不是？但是，小说里人物之死，也是必死无疑，得可信，因为，小说有小说的逻辑。那么，死得其所，便能活在读者心里。

再说活着的人物。

活着实在也不容易。比如余华的《活着》，人物活得多么艰难。陈曼青的《笨后妈》，那后妈也难，对过去文学作品里的后妈来了一个"正名"。后妈怎么与不是亲生的两个女儿相处？她怀了孕，做了流产，生活窘迫，家里不能再增添一张嘴了。大女儿不叫她妈，但出嫁进城时，后妈气喘吁吁地赶来，送艾草菖蒲，说："孩子，天快热了，你自小就惹蚊虫咬，城里没这样的草。"一句话点亮了后妈的形象，背后隐含着漫长的岁月，重复的动作：在大女儿入睡时，后妈点草驱蚊。这后妈，人笨嘴笨。温馨的后边隐着艰辛。

徐水法的创作有着方向感，侧重关注人物。《三大爷》很霸道：他把别人的东西当成自己的东西拿——占便宜。这样，他在村里孤立了，甚至，儿子也不待见他。三大爷终于畏惧了。他想融入一个村庄的道德秩序，修复和村民之间的关系。《祖母的簪子》，祖母和簪子。这篇小小说里，人物与物件平等，甚至，物件超越了人在流传、传承。作为爱情信物的簪子这个物件隐含着一种宿命。它与沈春儿的中草药系列有异曲同工之妙，沈春儿是将每个人物与一种中草药对应，均丰富了小小说的内涵和寓意。

小小说采取系列（集束）的方式，无疑是个扩容的好途径。周波自觉地延续了东沙镇长系列，语言更为老到、幽默。彭素红的一组女人花，则将每个女主人公与一种花配套、对应。岑燮钧的家庭系列，人物的活动情境，随着游走，已扩展至更大的空间。徐均生的系列小小说，明显地引入科幻元素，指向未来人类生存的可能性。

不再列述活着的人物了。值得思考的是，为什么有的作品人物活着，却像死了一样(文学意义上，是真正的死了)？当一个人物活了，即使在作品里死了，却活在读者的心里。汪曾祺的小小说《陈小手》，被那个团长一枪毙命的陈小手的形象却活在我们的记忆里。套用其中的一句话：陈小手活人多矣。作家不也要"活人多矣"？写活人物，是作家的第一要务。

三、讲吧，故事

小小说固然要讲一个故事，但不仅仅是讲一个故事。以一篇小小说和一篇故事作对比。赵悠燕的《一个破纪录的男子》和吕品的《阿P搞调查》，有一个共同点：主人公都执着一件事。

一个破纪录的男子钓到了村里二十多年未钓到过的那么大的鱼，抬到县城去卖，由此出名，于是，他的兴趣放在了打破自己创下的纪录，不料，县城里有人打破了他创下的纪录，他就去市里钓能打破县城那个人的纪录的鱼。而市里已有最好的纪录，像一个吹大的气球。他理想是破全国纪录，然后走向世界，破世界纪录。他踏上了漫漫破纪录的路。赵悠燕将破纪录男子一步一步追随的那个梦一般的念头，由小至大，追向极端，于是，荒诞就出来了，可以想象"气球"的破灭。小说里的人物，一旦执着，特别是一根筋，就可爱可悲了。

《阿P搞调查》，主人公同样执着，受命调查"疑似精神病人"。按问卷调查项目，他确实发现了三个"疑似精神病人"，委派阿P这项任务的主任来了兴趣。阿P发现主任的失态，符合文件项目的指标。而阿P被主任指出：换了别人，早怀疑你也是个疑似精神病患者了。阿P一步一步调查，反倒派任务的人包括自己都成了疑似精神病人。两个逆转的意外，把情节推向荒诞。但阿P算不上一根筋，只不过很理智地要表现自己。而破纪录的男子已失去理智，忘我地追随幻想。

　　两篇都讲了线型故事，还写出了荒诞，两个人物都有方向感。不过，就像两个人，小小说在奔走时，时不时会留意路边的物事；故事在奔走时，却不让沿途的物事分心，直接奔向目标，区别在人物前行的痕迹。小小说留皱折，故事有曲折。皱是细微之处滋润的地方，它就像一只脚，踏在虚土上，留了脚印，也扬起了尘埃；而故事像过水泥路，只见人物的匆匆直奔，其曲折之曲，在于情节单元的传承，至多携带些许对故事、对人物的交代。我想起一句歇后语，吃柳条屙筐子——现编。故事的编织感显而易见，并且，可以辨识。破纪录的男子一根筋式的性格把握得到位，现实和幻想背离。阿 P搞调查在情节中穿行，他有纠结，形象却模糊，但算得上是个好故事。

　　好故事都包括一个好点子，但运用点子有讲究。徐均生的小小说创作，持续保持着自己的方式，能够揣摩出他的构思方式：有一个好点子，然后，演绎出一篇作品，或说，让一个点子支撑一篇小小说。其小小说更似故事。2013 年，徐均生仍保持着以往的创作势头。其中，《上帝寻找上帝》，假定上帝物色一个人间的代管者，但物色的对象总是跟上帝讲条件。一个小男孩道出了真谛：做上帝哪有我快乐自在。上帝认为小男孩就是上帝。《钻空子》的人物，寻找每个人的弱点再钻空子，最后，自己钻进空子里拔不出来了。徐均生的叙述模式，利用了民间故事、传说的原型变体，情节展开时重复递进，隐在作品深处有一个主题词：算计——人与人之间的算计。我期待他的叙事增加一些滋润，即不可言说的细部，类似一滴落在宣纸上的墨汁，那洇开的部分。许仙的小小说有股子"仙气"——腾云驾雾，想象飞扬。《不死鸟》《向陌生人微笑》《麻醉师酒吧》等，设定一种境遇，以假抵真，而且将抽象的概念具体化。荒诞、夸张是他擅长的手法。他和徐均生的小小说都有好点子，只是，在操作时，许仙把好点子转化为"形象"并隐在其中,而徐均生让点子赤裸裸地在作品中穿行,那点子常常是一个道理(哲理)。

乐忆英的《25世纪爱情》,引入科幻元素,假定25世纪人类生存的处境:没人管理田地,人类移居外星球。这对还生活在地球上的父子,得替儿子找个标准的儿媳。按照父亲的标准,找到飞飞,是第五代智能机器人。父亲只是遗憾飞飞不能生儿子,于是,儿子找来孙子跃跃,竟然是个小机器人。作者采取了欧·亨利式的意外结尾:翻了两番。悲哀的境况,用趣味冲淡。其中的趣味,包括许多数据,貌似真实性。

远山的小小说,唯美倾向明显,散文化的叙述,弥漫着浪漫的诗意。《琴湖的第十七个凉亭》《花儿为什么这样红》等一系列小小说,女主人公会执着一个意象或感觉(有时,突然出现),比如沙漠、雪山、草原、玫江、凉亭这类诗意和浪漫的元素。于是,人物的意向在故事层面悬浮上去,那散文化的语言也强化了这些元素,而且,景与人相辅相成,人物的身体回归现实,但是魂仍在飘移——意象还在飞翔。阅读远山这类小小说,其中女主人公的失望与寻觅,身体与灵魂,笼罩着诗意。有必要考虑在这个缺乏诗意的时代,怎么去写诗意?

吴新华的小小说里,很热闹。《彩丝巾》里的丈夫外遇。第三者没出场,却通过彩丝巾在场,情节打开的方向在于做证。叫来做证的专家,夫妻关系有惊无险——避免了家庭解体。结尾,彩丝巾不见了,可以猜测出,妻子将彩丝巾珍藏起来。情感的错位,热闹像泡沫,过后,只是轻轻一笔:他心里酸酸的。《御碑》里,也将御碑这个物件贯穿,随着历史的变迁,御碑成了文物。一个细节的运用,增加了小小说的内涵。

毫无疑问,缪丹是位讲故事的能手。《神人》套用了侦探模式的外壳,主人公莫小米掌握了公司里一个失踪者的隐秘,一点一点透露信息，构成一次一次寻找。重重悬疑，层层揭开，终于找到了失踪者电脑里的密码。读者以为莫小米是通过掌握隐私，达到在公司立足的目的，其实，是她注意观察、贮存、分析信息的结果。细节决定成败，这个公司最底层的清洁工当然能实现自己的梦想了。《人在江湖别仗义》，故事发生在不明的国度，情节设置为：黑帮追杀理查德，警察追捕钱德勒。理查德让朋友钱德勒整容——告别了过去的自己，唯一担心的是钱德勒出卖他，于是，他借警察之手试图消除朋友。意外的是黑帮假冒的警察，朋友与背叛，聪明反被聪明误。《不愿偶像成"呕像"》，故事里套故事，而且，作者在虚构故事，人物也在虚构故事，其结尾，虚构成了真实。沟通、沉沦是主题词。

我阅读所涉及的范围内，2013年，缪丹能把故事讲得曲折、紧凑、利落。其一系列故事，情节的设计，人物的安放，悬疑的铺垫，黑白分明，反差悬殊，调动多种元素"团结"起来为故事的效果服务。缪丹用纯粹的故事拉开了与小小说的距离，不让故事像小小说。

四、官场，那些人，那些事

小小说是广大群众喜闻乐见的文学样式。由省作协、省纪委等单位举办的中国（浙江）廉政小小说大奖赛，2013年进行了第三届，其应征的作品仍保持着旺盛的势头。大赛组委会收到来自全国各地的四千余名小小说作者的八千余篇应征小小说，经过四轮严谨的评选，最终评出六十八篇获奖作品。其中浙江省作家的作品有三十二篇，占近50%。由此显示，以廉政为主旨的大赛，符合小说的特性，有着显著的效果：反映现实的及时性，紧扣主题的鲜明性，参与创作的广泛性，关注焦点的集中性，表现手法的多样性。

连续举办三届以廉政为题材、主旨的小小说大奖赛，是对小小说文体同时也是对小小说作者的考验。因为，限制在廉政这个题材里，通过前两届征文，可以说，基本的故事已经穷尽，甚至，基本的元素也用尽。博尔赫斯曾说："世界上所有的故事仅有若干模式。"怎么突破模式？怎么写出新意？这对目前的小小说创作无疑也是值得深思的问题。比如爱情的故事，寻找的故事，等等，也存在着一个突破的问题。小小说当然要讲一个故事，但是，小小说不仅仅是讲个故事。况且，小小说有着规模的限制，就像螺蛳壳里的道场，得以小示大，小中见大。

在此，述评的对象锁定浙江省作家获奖的小小说。徐海蛟的《太守与鱼》，把太守羊续的命运放在时间的长河里淘洗。他喜欢钓鱼，嗜好食鱼，鱼贯穿了他的少年、中年。少年时钓出了一个宏大的自然景观，中年钓出一个庸俗的官场景观。他身份变了，本性不变。少年为中年做了铺垫。钓鱼之道与为官之道形成了一个焦点。他生活节俭，属下投其所好，送来一条名贵的鱼，他的女儿欢迎，但他将这条鱼悬挂在屋檐下，每每有人送礼，他都引领来者观看屋檐下的鱼干——清风里晃荡的鱼干。每个人都是垂钓者，每个人又都可能变成别人鱼钩上的鱼。徐海蛟文笔从容，穿越历史，但那一束人性的光却照亮了现实。记住那条有着某种固定姿态的鱼干吧，这个细节像一条鱼从遥远的历史游到当下的现实，还鲜活着。写鱼其实是写人。人与鱼构成了一种寓意。

近几年，徐海蛟将文学的视角伸向历史的深处，写过一系列以人物为主的历史散文，其中引入了诸多小说元素，而且注重语言和细节，他轻易地跨过散文的边界，进入了小小说的领地。《太守与鱼》为一例。

以史为鉴。李建树的《另一种受贿》，也写了投其所好（好是嗜好——不留神就成软肋）。名与利，拒了"利"，却中了"名"。好一个"名"字了得。他也回溯悠悠历史，只不过是镶嵌在情节之中，以古喻今。

这些获奖的廉政小小说，占主导的还是直抵当下现实、与现实同步的作品居多。类似的投其所好的故事模式，还有陈朝阳的《茶味》。太守的鱼已置换为马局长的茶。怎么处理茶的细节，跳出模式，显示出新意？明显地看出，作者专注人物。

作者是重视人物还是关注故事？文本的起点可以透露出来。关注故事，故事有开端、展开、高潮、结局，弄得不好，往往会交代一个故事的流程。《茶味》写了马局长上任到退休，周围的人随着他的上下，或近或远，忽热忽凉。茶中三味，什么味？人味。茶味关乎着权位。对茶颇有研究的马局长，对下属送的名茶，一律说"是假的"。真不懂茶？茶真心假——茶背后是权。可对住在旧瓦房的一个老村妇的茶，他却说："好茶，好茶。"陈朝阳就是从细微之处写出了"茶味"，以茶写人，世间（官场）炎凉就在其中。

这就引出了第三届大奖赛的特点，也表现了小小说这个文体的特征。一是手法多样。金晓磊的《影子》和杨祖帆的《坏兄弟》，都写了一个人和他的影子的关系。影子始终干涉和监督着实体，构成了双重性。《影子》里，那个受贿的局长被自己的影子搅乱了"好事"，他担心影子会被送礼的人发现，就压在屁股下边。作者给了影子的合理性：别人看不见。《坏兄弟》里的影子也作为实体的对应面而存在，影随形行，但水火不容，所谓的坏，无非是针对实体的邪念。一个人的性格分裂，采用魔幻手法表现。记得卡尔维诺的《一个分成两半的子爵》，博尔赫斯《我和博尔赫斯》也探索了一个人的双重性，有着寓言意味。张庆华的《车库怪事》，朱平兆的《困难表情》则采用了荒诞手法。前者，地点为局长家的车库，那是礼品的积存地。人与动物，都关注车库，于是上演了一场荒诞剧：猫率领并领导老鼠进军车库，像是行动前的动员报告，动物颠覆性地戏仿了人类的习惯的成语、口号、歌曲和论文。《困难表情》貌似写实，但是，现实一旦走向极端，就是荒诞。年前，领导慰问困难户是常事。不过，要困难户有困难的表情却是异常。所谓困难表情，就是对慰问的领导表现出感激涕零和依依不舍。于是，贾科长开始寻找困难表情，以致找得自己生了病，病房里受了电视的启发，他前往影视城取经，终于找到了一个替身演员，能生动地表演困难表情。支回回的《通往天堂的门票》，假设一个人死后入天堂，有寓言性质。还有李道一的《都是小戏惹的祸》，笔记体小说的方法，正能量的小戏引导出正能量的现实，写戏的人却受责怪。

魔幻、荒诞、隐喻等小说元素，增强了小小说的品位，并且，使得第三次大赛的质量显著提升。

连续三届大赛，还出现一种讨巧的写法，就是塑造了一批没有阴影的人（与前边有影子的人形成反差，文学视角里的人，每个人都有阴影），也就是单面的人。这里，权且杜撰一个名称：光明体。它由大赛的一种主旨所导向。其实，没有阴影的人很难写，那位新上任的副乡长，给人造成为自家造楼的错觉——假公济私，实为假私济公，却是建造乡村教师的房。陈竣的《面试》，先暗后明，那暗是虚晃一枪，给光明做铺垫，构成了双重"面试"。

二是注重写人。小小说和长篇、中篇小说，除了规模，还有个突出的差别，就是对细节的运用。此届大赛获奖作品，明显地摆脱了仅仅叙述一个故事流程的惯性，出现了写活人物用好细节的佳作。《茶味》里有句话："局长也是人。"作者穿透官的层面，潜入人的灵魂。谢胡坚的《局长摔了一跤》，小小的角度切入，这一跤把整个单位激发起来，展示出幽暗、隐秘的灵魂群体。追查责任和隐患那种纠结和较劲，其实，隐患在人的灵魂。张乃金的《先见之明》，写了一个"先知"——有先见之明的老侯，是请君入瓮的现代版。其中两个细节很微妙：换菜迎客，巧妙受贿。夫妻俩夜间的对话，一个字：钱；一个字：睡。但聪明反被聪明误。周波的《忙了就忘了》，一对夫妻睡前的对话，像语言的漩涡，但说话者却在岸上，那对话琐碎，饶舌，如同双推磨。隐在背后的不仅仅是夜色，也是灵魂可能出现的幽暗。对话的关键词是忙。主人公说起白天的忙，像是只有忙碌才能在正常的轨道运行，否则，身体闲暇了思想可能出轨，仿佛一个人灵魂要出窍，就牢牢用意念去守望——忙的意念。这种冷幽默，暗含着灵与肉分裂的可能性，也是另一种双重性。陈效平的《母亲的童谣》，表现出典型的小小说运用细节的方式。刘县长和母亲，都不挑明"红包"的下落，而是从童谣的细节展开。四次重复童谣的细节，同一首童谣，在一次又一次重复中，内涵丰富。主人公的精神世界也相应提升。如果说其他小小说主要写了事发前，事发时，那么，张传龙的《小旅馆》则写了事发后，主人公逃跑途中，身份由官员转化为逃犯。作者为人物设置了"小"——大年夜，主人公住在偏僻的小旅馆，看到一个胖乎乎的小男孩（想到家里的儿子，后边有一个细节，给小男孩压岁钱），店主端来一碗热气腾腾的水饺（有史以来吃得最好的一顿水饺），他拨打了一个电话（显然打给妻子，这也导致了结尾的警笛），洗了一个温暖的澡。这一系列"小"物事，环绕着人物，造成联想，与他做官时的风光对照。主人公敏感的是"小"，而过去在乎的是"大"。这些小小说，都将人物置于或说推到两难的尴尬境地，人物在其中选择，纠结。官场那些人，那些事，不是值得读者回味，深思吗？

五、你能听见花开的声音吗？

我喜欢日本作家芥川龙之介，由此喜欢日本著名导演黑泽明。因为黑泽明将芥川龙之介的两个短篇小说改编成一部经典电影《罗生门》。

海飞笔下的九斤佬死后，其积累猪粪的地方，长出一棵像九斤佬的树，作为童年视角的"我"和父亲走出很远，突然听到驼背树在身后叽叽叽地笑起来。《花开的声音》里，那个退休后回到村里居住的沈师傅，他把院子里弄得像花园，过着赋闲的日子，一个黄昏，"我"这个小孩进去，他突然说，你听，花开的声音。"我"竖起耳朵听着，没有听见花开的声音。现在，海飞写出了树笑的声音，花开的声音。

于是，我想到了黑泽明。黑泽明导演电视剧《姿三四郎》，有一场莲池的戏。作为武士的姿三四郎夜间跳入莲花池，听见了莲花开放的声音。电影评论家认为这不真实。为此，黑泽明起了个大早，晨雾中他听见了莲花开放的声音。莲花开时，究竟有没有声音，对姿三四郎跳莲花池的小情节无关紧要。黑泽明认为：这是一个表现的问题，不是物理学的问题。他还说："认为听到莲花开放出美妙之声是可笑，那个人与电影无缘。"

并且，与文学无缘。所以，我相信海飞作品里的人物能听见常人所听不到的树笑和花开的声音。作家的道德，首先是自己要相信，相信是诚实的表现。

沉默、寂静有没有声音？捷克诗人塞弗尔特晚年有一首诗，其中一段：夜幕降临在树丛中／我甚至／经常能听到鸟儿的心跳／有一次在教堂的墓地／在一座墓穴的深处，我听见了／棺材裂开的声音。

惊心动魄的声音。于是，边阅读边笔记边联想。写到此，告别丰收的2013年，我期待2014年的小小说（故事）能让我们听见独特的声音。因为，每个作家都要通过作品发出自己独特的声音。

你也清楚木佛没有舍利子
——禅宗系列创作谈

一、脆弱

2011 年 3 月 16 日晚 9 时 19 分，一个短信响起来。我保持 24 小时开机状态，主要是岳母病卧在床，我随叫随到。88 岁的岳母病卧近两年，很脆弱。

有一回，岳母清醒了，她对我说："志强，你想办法叫我走吧，我受不了了。"

我说："这使不得，你还是安心养病，别想那么多。"

我知道我的劝说、安慰是那么无力无措无奈。我想到禅宗。岳母先是病退后又病卧，她居家信佛。可是，她也解脱不了。

岳母说："要么，我喊反动口号。"

我笑一生善良、本分的岳母，说："这又能怎样？"

她说："别人听到了，会来抓我，把我枪毙。"

这是孩童之举。我说："现在可不是'文革'年代了，你喊了，也没人睬你。"

她闭片刻眼，然后，睁眼，说："这也不行，我喊了，会牵连你们。"

我说："这倒没什么，只要你安心养病，别想得那么多。"

我想到一则禅宗。禅师背一个姑娘过河、放下。走了三四十里外，小和尚突然问："师父，你平时不是教我戒色，可是，你怎么背一个女人过河？"禅师说："走了这么长时间，我早放下了，你还背着吗？"

我知道，对病重的岳母，能安抚我的禅宗，对她起不了作用。

我以为 3 月 16 日晚的短信与岳母有关，一惊却是文学朋友发来的短信：江浙沪超市食盐抢购一空！

我一笑了之。9 时 36 分，又来一则短信：浙江省辐射环境监测站 3 月 16 日监测结果表明，我省境内辐射环境水平未见异常，没有受到日本福岛核泄漏事件的影响。

翌日，一个朋友说昨天傍晚，他去商店购盐。告罄。他给 110 打电话。对方说："没盐，去买酱油。"

2011 年 3 月 17 日，9 时 40 分，一个短信响起来，伴有音乐。"告广大市民，目前我市食盐供应充足，各超市现均有供应，请广大市民勿听信谣言，理性采购食盐，对哄抬盐价的行为可向市物价局投诉。"

3 月 11 日 13 时 36 分，"日本东北部和关东首都圈发生里氏 9 级强震，日本福岛第一核电站发生核事故，出现放射性物质泄漏。根据我国国家核事故应急协调委员会专家组分析，放射性物质经大气和海洋稀释后，不会对我国公众健康造成影响。"

这是 3 月 16 日的头版新闻。相当长的时间，我不阅报，现在，重新关注媒体了。

日本的地震、中国的食盐，这两个本不相关的事物，却成了越界的连锁反应。食盐是心理地震的表象——群体的脆弱。可以联想到过去的年代的抢购米呀什么的。

我们的心灵什么缺席了？那么盲目，那么脆弱，沉不住气，缺了定力。这种心灵的脆弱，像脱缰的野马，不知会奔向何处，不知会如何冲撞？

米会有的，盐会有的。我一直不为所动。果然。

该说自己了。我说过，一个人，特别是作家，可以不信教，但要有宗教意识。

我有过心灵危机。纯粹是一个人的危机。其实，每个人都会有自己的心灵危机——如何自我拯救。

表象上，别人看不出，我仍照常生活着。可是，内心有股潜流，不知流向何处。焦虑、忧郁，像陷入困境的动物。生活枯燥，阅读乏味，不知自己会干什么要干什么。就是这种状态。

于是，我喜欢上了独处，也说不上喜欢，而是想一个人清静地待着。像是中了埋伏，找个突围的缺口。我不知不觉找来了宗教类的书籍。先是《圣经》，再是《古兰经》。是不是找个心灵的对应？

然后，又是佛教。释迦牟尼当初在菩提树下顿悟，现在的佛教跟佛祖当初的本意有什么差异？

落在了禅宗，均为后来的佛祖的弟子的感悟——渐悟、顿悟的个案。我不知读了多少版本。陆陆续续，读了近十年。期间，我察觉，已走出了心灵的危机。阅读，其实与灵魂有关，什么被放下了挣脱了？

这是一个人的秘密。外表，我还是过去的我，内心，我已不是原来的我了。有时候，人是多么脆弱。

然后，有一回，偶然看到国内一位著名的哲学家涉足禅宗，写了一部说教性质的书，浅薄的道理（道理往往容易过时）。这样，我突发兴趣——也来一本试试？

一个月，写到108篇，止笔。那是与《水浒传》108将相吻合的数字，那是与两副扑克牌相合的数字。

发给《羊城晚报》，连载。湖南人民出版社告知要出版，一篇配一幅。问：什么风格的漫画好。我立即想到蔡志忠。只能由画蔡志忠风格的一个画手操作。这就是《盲人掌灯》，2011 年 1 月出版。那位我不认识的画手折腾了大半年。

这算是唯一一本写给自己的书——用小说的方式重述禅宗，我住在其中。

二、角色

现在，有些作家，像演员、像主持人、像裁判、像广告人、像推销员，唯独不像作家。

作家应当是什么角色？或者说，作家最像谁？

我自以为，作家像掌灯的盲人。作家像是个黑夜行走的盲人，而且打着灯笼。客观上，盲人掌灯，是避免别人撞着他，主观上，他替别人照亮了路。盲人说："我失去了看见别人的能力，可是，我凭借灯笼却能让别人看见我。"夜间行走，类似作家的创作——写了黑暗，同时，有着光明。首先，作家自己心中要有盏灯，他照亮了自己，至于照亮了别人，是从"游僧"的角度来看。一定程度上说，作家不比别人高明，他仅仅是掌灯走夜路的盲人。

我自以为，作家像民间的艺人。世界大舞台，舞台小世界。每个人的行为背后，都有一个无形的手在操纵，那只无形的手是个隐喻：名呀利呀把台上的人累死。禅师好奇，去木偶戏的幕后，去拜访操纵木偶的艺人，艺人说："你这老和尚，只管看木偶得了，干吗跑到后边来问我什么姓（性）？！"禅师在艺人那里吃了亏——语塞。这是个关于作家角色的隐喻。作家的任务是叫作品中的人物活起来，自己则隐藏在作品背后。要是跑到前台客串，甚至想过一把演员的瘾，那么就乱了姓（性）。混入虚构的人物里，类似现代派手法。但是，作家的位置是幕后，像民间木偶艺人那样，拒绝亮相。我喜欢《麦田里的守望者》的著者塞林格，一个隐士，过自己该过的日子，当自己该当的角色，不做作、本分、真实。外人看来，他这样几乎不近情理，可是，他自顾写他的性情文章。

东方和西方，相互看对方的世界，就像夜路相遇的盲人和游僧，就像幕后相见的禅师和艺人，相互好奇、误解。有一个更恰当的隐喻故事，是博尔赫斯的《双梦记》，相互同时梦见了对方的宝藏。

诺贝尔文学奖获得者莱辛，她对东方充满了好奇。她列举的若干精短故事，相当多的是禅宗个案。她惊叹其中的奇特的思维方式，仿佛发现了故事的新大陆。

而位居东方——中国的我们，可能会笑她。那几个故事，就把你给镇住了？！

卡夫卡在研读了老子、孔子、庄子的著作后，也发出了赞叹，并在其中汲取了文学营养，他的小说，有东方的意向和思维，像空灵的寓言。

我在大量阅读不同版本的禅宗个案中，体会到其中无穷的奥妙，归结一句：东方思维的精髓，生命哲学的真谛。

禅宗，是一种开悟的方式。它在佛教里，具有劝诫、教化的功能，一个故事，带出一个观点，由小小的物事，上升到虚空的层面。

但是，小说注重的是人物、细节那微妙之处。宗教和小说有个相似点，就是灵魂的安置。小说也讲究灵魂在场、灵魂的安放。

便有了那段话：我们置身一个充满喧嚣、讲究提速的时代，生命中的那些美妙而微弱之声、那些珍贵而细小之物，可能被忽视、被遮蔽，甚至，我们会孤独、会迷失、会惶惑、会焦虑。那么我们不妨暂且卸放沉重的负荷，减缓心灵的速度，调整习惯的思维，重新解读悠远的禅宗个案，这样，使得幽藏在时间深处的禅宗有了别致的呈现，使其从遥远抵达和滋润现在我们的心灵。

我在重述时，注入了小说意味的表达。我偏爱碎片式的故事。写作的过程，就像照镜子，细观了一番自己的宝藏——东方的文化。因为，我也浸泡在其中。

角色里，还包括视角。作家同时包含着读者这个角色。同是禅宗、禅师、弟子和作家，看出的东西肯定各异。而且，不同的作家看，看得也各异。例如，东方和西方的作家看《红楼梦》视角各异。许多中国的学者，作家看《红楼梦》，总是试图去还原，把本是虚构的小说往所谓的现实去考证，仿佛真的有过一个"大观园"。小说本是虚构之物，何必去还原？荒唐事，费了那么多人那么多力，吃《红楼梦》这碗饭。

博尔赫斯的视角奇特，他看《红楼梦》，看出整个是一个"梦"，他称《红楼梦》是中国的幻想小说。这就是思维方式的差异。得把小说当小说看，别把小说不当小说看。

禅宗个案，真的是不是发生过的真实？已无关紧要，它是禅师传达佛理的例子罢了。感悟生命、解脱烦恼的方式而已。汉语中的许多词汇来自佛教，不过我们在使用中却忘了它们的本源。这样，源自佛教的词汇在世俗的层面脱离了本义。而我采用小说的方式，试着滤去禅宗的说教、劝诫，去强化其中的微妙元素。

作家应该向丹霞禅师学习——烧佛取暖。漫天大雪，寒冷刺骨，丹霞禅师取下木雕的佛像，点燃烤火，惊动了大殿中的和尚，以为丹霞疯了——如此不敬。丹霞禅师淡然，拨了拨炭火灰烬，说："你也清楚木佛没有舍利子，那还发什么火？"

那木雕的佛像，可是和尚朝拜的神圣对象呀！好一个"火"，烧出了"木"。好生了得！丹霞破了一个执着。执着这个词，佛教里，是贬义，世俗里，是褒义。

三、房子

我喜欢奥尔罕·帕慕克关于理论和故事的说法。他说："好的理论，即使是那些影响至深、令我们深信不疑的理论，也终究是别人的理论，而不是我们自己的创造。"但一个感人至深、令人信服的故事，都会成为我们自己的故事。那些古老的、极其古老的故事就是如此。无人记得是谁最先讲述它们的。对于这些故事的原型以及流传过程，我们一无所知。每次重新讲述，又都是那么清新，仿佛第一次听到。

美国作家辛·辛格说过："观念往往容易过时，而故事之树常青。"我没有追溯、考证过禅宗的源头。我在那段"危机"时期，读了许多书，来排遣自己，最后，选定了禅宗，像挑选房子，最后选定了适宜的一间。

小说，就是把别人的故事讲得像是自己的故事。如同你住进一间别人住过的房子，你不知谁住过，多少人住过，你住着住着，就觉得那房子就是你的了。关键是，你的心已安放在房子里了。小说的房子里，要有你的灵魂。危机过、挣扎过、苦愁过的灵魂。故事仅仅是容器而已。至于别人认为不是你的房子——故事，已无所谓了。因为，你的心已平静下来了。你可以说：古老的房子，谁都可以住，但是，你身体进去的同时，你的灵魂进入了吗？古老的故事总是常讲常新。

我的眼里，禅宗是古老的房子，保护古老房子的最佳方式，一是从我们的角度去重述，二是让自己的灵魂住进去。

没人去住的老房子，会衰败得快，是不是？我常常觉得老房子里有一股气，有一种魂。早晨进，敞开门窗，给它透透气；晚上出，关灯带门的一刹那，我真担心房子里会发出一个声音：别走呀。

这就是柳汀街 150 号的老房子——贺秘监祠，里边居住过一个有名的古人；晚间，我坐在里边写了此文：你也清楚木佛没有舍利子。

对古老的房子和古老的故事，我不禁会生出一份敬畏之心。

我守望的那片麦田呢
——回忆意外系列的创作

一

有那么若干年，我中了魔似的，一下笔，往往就是五六百字的规模。好像我掌握了缩小术。

这种规模的小说，也就是现今的闪小说。写时的感觉，飞机刚起飞，就要降落了。

长期以来，我写小小说，总是五六个系列齐头并进地写。西域王国系列、艾城系列、绿洲系列、名人轶闻系列等，均为一千五百字左右。

而五六百字规模的小说，写出百把篇之后，我给这类小说起了个名称：意外系列。

我总喜欢给自己创造的世界命名。这也许是人类的本能吧？

特别是艾城系列，这是所谓现实题材的一个系列，我在创作过程中，逐渐给艾城定了规矩，就像一个国家制定法律法规那样。小说有小说的规矩，人物要按小说"世界"的规矩行事。几个系列穿插、交替着写。分门别类，就是系列了。

向经典深度致敬

但是，那几年，不知怎么了，我倾向了意外系列。区别于其他系列，除了规模明显有差异之外，我察觉，其中的"意外"就出现在不同部位，有的在开头，有的在中间，有的是细节，有的是人物，有的是立意。反正，要名副其实吧？总标题就称"意外遭遇"了。

而且，越写越起劲。三年前，我发觉不知不觉地积了一千余篇。于是刹手——见好就收。唯有艾城系列、绿洲系列写了几十年，未曾中止。像戒掉一样，我摆脱了意外系列。一不留神，写了一千多篇了呀。再写，就没"意外"了。后期，我还计较其中的语言，五六百字，也要有节奏——语言和情节的节奏，还有味道。

至今，我还用笔写作。想一想，写意外系列的日子，一张没格子的白纸，不满一页，那笔会停下来，像在有限的地方倒车、前进、刹住。打出百余篇，探路似的投出。那九百余篇，就封存在一个袋子里，懒得再去碰它们了，是不是只顾种，不管收？似乎要等个机缘吧？写的时候，我很勤，写完之后，我就懒。其他几个系列也如此冷处理。

几百万字，就那么"冷藏"着。我开玩笑，说要是写不动了，把这些小说拿出来，别人还以为我仍在写呢。每个作家都有写不动的时候。

现在，我仿佛踏上了文学的魔毯——塔克拉玛干沙漠，我在上边奔跑，因为烈日晒得沙子炙烫，我根本停不下脚，这是写作的隐喻。进去出不来，是塔克拉玛干的意思。我真想出来，进去了能出来。写作，到了一定程度，就身不由己了。

会不会重续意外系列？我不知。这也是奥妙，我不知将会写什么。只是现在时的写作。我写我在。

二

回忆一下，我起劲地写意外系列那几年，我读了什么？

写作跟阅读之间肯定有隐秘的关系。连我自己也奇怪，写意外系列的那几年——20世纪90年代末和21世纪初五六年，我竟然大批量地在阅读长篇小说，而且是外国当代的长篇小说。仿佛频繁出国旅行，一个国家到另一个国家，一个世界到另一个世界。凭阅读的标记，我粗略查了，几乎着迷长篇小说的阅读，而且，很密集。读了一本，总有旅行归来的感觉。阅读某个作家的长篇小说，跟旅行不同的是，旅行的走马观花、蜻蜓点水，只是看一个地方的外观，而阅读，亲近的是灵魂。

我记得那一年，已办妥了出国考察的有关手续，即将出国前，我突然不想去了，然后，我读了土耳其作家帕慕克的长篇小说（几乎是跟踪阅读），因为，出国考察的行程，其中一站在土耳其滞留。随之还有埃及作家的长篇小说。算是采用另一种方式旅行了。帕慕克的土耳其式的"呼愁"和哥伦比亚作家马尔克斯拉丁美洲的"孤独"，同属孤独，却是不一样的孤独。土耳其和中国新疆，同是欧亚文化的交汇处，又有差异。我们也有我们的"孤独"。二十多年，我在塔克拉玛干沙漠那"巴掌大"的一块绿洲生活，以为那就是整个世界，那是怎样一种孤独？我写绿洲系列、古王国系列，孤独的"灵魂"落在其中。

可是，写五六百字的小说，却读几十万字一部部的长篇小说，写作和阅读各在两个极端，极短和最长。怎么会这样？

在巴掌大的绿洲生活，我心里装着无垠的沙漠。大大的沙漠肯定笼罩着小小的绿洲。有沙漠的存在，知道该如何在绿洲活着。也许，五六百字一篇的意外系列，有几十万字一部一部的长篇小说在滋润吧？

我称之为"托着"。知道了长篇小说是怎么回事，那么小小的"意外"还能不自在？有个大在"托着"，那么，"小"就好把握了。

小小说，不就是以"小"示"大"吗？也是"小"，却别写"小"了。"小"的背后要有"大"。就如同在绿洲生活，总有沙漠影响着。写小小说，心中要拥有"大"，而在"小"处落笔。

有一回，去朋友周波那里——舟山群岛中的一个岛，岱山。我发现，这个岛上竟然看不见大树。县城所在地的高亭镇，街道上的树，都不粗不高，不高过房子。一个地方的历史，常常由树显示（难怪许多城市将古树移入）。亭山的岛每年抗台风是一项不可避免的重任。我对周波说："直接写台风可能吃力不讨好，那么，就写岱山岛的树——不高不粗的树，正是台风的威势，台风大，而树小，写小小说，要把握的是'小'。小的树显示出大的风。"

我们这个民族，潜意识中存在着崇大。就文学上，也崇大——倡导、鼓励长篇小说的创作，作家总以长篇来显示能量就是一例。其实，阅读和写作有一致的地方。大作家和小作家的区别在于，大作家关注"小"，小作家关心"大"。这是我读长篇小说的印象。长篇小说里，我发现大作家对"小"（细节）的独到处理，这正是我在小小说里在乎的"小"。所谓唯一性，不在故事，而在细节（与人物配套的细节）。小小说则是最珍惜细节的文体，它把细节赋予重要的地位，这是中、长篇小说和小小说对细节不同的态度和处理。甚至，一个有含量的细节支撑起一篇小小说。一个细节照亮一篇小说、一个人物，可能只有小小说能担当。

我还记得，进行意外系列写作的日子里，还阅读了古罗马、波斯、古印度、新疆的西域等历史典籍，像读小说一样读得津津有味。意外系列也留下了这部分阅读的印迹。算是卡尔维诺所说的"利用库存"吧。意外系列的题材很广泛庞杂。选取标准就一个：有什么意外（不是单指故事层面）。甚至，还有对长篇小说的"戏份"，试图用一株苗对峙一片青纱帐——这是我小时候在绿洲做过的一件事。小孩总不自量力地以"小"抗衡"大"（包括对大人）。

三

有段时间，我集中阅读了译过来的外国小小说，是想摸清国外这一脉。

中国的笔记小说，到《聊斋志异》，达到了高峰，其中，我把庄子的作品、禅宗个案也当小说来读。我可不在乎别人划定的规矩。《聊斋志异》之后，这一脉（想象飞扬的一脉），就断了枯了。

中华民族是想象多么飞扬多么神奇的民族，文学便是见证。当代，一路写实——走呀走。翅膀哪里去了？一个民族想象萎缩，意味着什么？

所以，读外国小小说，是想看想象这一脉别人如何延续？暂且只五六百字规模的小小说吧。我喜欢奥地利的卡夫卡、伯恩哈德，意大利的曼加内利，匈牙利的厄尔凯尼，罗马尼亚的格·施瓦茨。他们创作了相当多的现今我们称之为"闪小说"的作品。

意大利的卡尔维诺也有多篇，只是未收入国内已出版的他的一系列选集。他们的共同特点是想象丰富、奇特，有着荒诞、魔幻的底色和质地。

卡夫卡那五六百字的小说，和三部未完成的长篇小说，在他的作品中是两个极端，不妨把他五六百字的小说当作进入他的长篇小说的钥匙。均为寓言式的作品。

托马斯·伯恩哈德，有两部"闪小说"——《声音模仿者》和《事件》。多位诺贝尔文学奖获得者对伯恩哈德持有敬意，称其为最有资格获此奖的作家（他先后两次被提名为该奖的候选人），已把他的创作称为"伯恩哈德现象"。

插一段话。20世纪六七十年代，德语国家有过小小说的繁荣季节——特别是五六百字规模的小小说。卡夫卡、布莱希特、瓦尔泽等作家采用过的小小说文体曾在德语国家的文坛上活跃起来，读者反响热烈。

掌故式、寓言式、散文体、碑文体的小小说，佳作迭出，遵循的创作原则是：用一句（简单句）话道出许多不能用一句（复杂句）讲的话。

相当多的著名作家也加盟那场小小说的创作。伯恩哈德就是其中的佼佼者。一个群体、一个氛围、一种风格，还有一个社团，把一种文体推向高潮。

焦尔焦·曼加内利1979年抛出了《微型小说百篇》，是一部典型的先锋派作品。每篇六七百字左右，内涵却大大超过了篇幅的容量。

依泰洛·卡尔维诺的文学精神跟曼加内利相通。他那《做起来》的一个系列，规模也是六七百字。寓言体。卡尔维诺曾号召要捍卫浓缩的形式和风格的小小说。遗憾的是他没来得及选编他声称他向往的小小说——一句话、一行字构成的小小说。那是现如今的微博或百字小说。

厄尔凯尼有一部《一分钟小说》，相当多的篇幅为五六百字左右。那篇《寻人启事》，一个丈夫寻找出走的妻子，可启事的内容，那相处多年的妻子的形象特征一派模糊（丈夫竟说不出）。将寻人启事的文体引入小说，只有小小说能承担吧！这表明小小说表达的多种可能性，它可以与其他文体嫁接。

格·施瓦茨，写了一组以一个人为主角的古赫系列小小说。每篇也是近乎"闪小说"的规模。很纯粹的系列，古赫这个人物，角色、职业、年龄、生死的跨度很大，不断颠倒、错位，自由穿越。那个系列里，古赫死了好几次，又毫无交代地活在下一篇里。甚至，古赫在"宇宙"背景里，挣扎又活跃成一个微粒子。他小得活跃在一个人的头发里，头皮屑埋葬了他。可见，施瓦茨写作的洒脱和自由，同时，还有深深的怜惜。

这类五六百字规模的小小说，多大程度影响了我的意外系列？伯恩哈德在《声音模仿者》里，写那位模仿者擅长模仿各种名人伟人的声音，当他被要求模仿自己的声音时，他说："这一点我做不到。"

我想，小说要发出自己的声音。读别人的小说，其中有一点，就是知道该回避别人的"声音"。起码，在某一个细微的地方，尽量发出自己的声音而已。当代的作家面临一个严峻的问题：故事已被人讲过了讲完了。故事不过是有限的若干模式，所谓突破所谓新意，在细节的"声音"。

自问："你能模仿自己的声音吗？"

进而自问："你能发出你模仿过的与自己不一样的声音吗？"

清清嗓子，试一试吧。

四

将近一千篇意外系列，不声不响地存放在我书房的一个袋子里，像等待什么机缘吧？

它们一定很委屈。写出来了，就是一种存在。它们"意外遭遇"了后宫妃子式的冷落。偶尔，我能感到其中的人物那无声的抱怨。

我该提一提这些年活成一个怎样的状态了，这跟意外系列有关（包括同时写的禅宗系列）。

　　大家朝前走，而我向后退，起码在原地踏步。我不上网、不用电脑、不发短信、不学开车、不骑自行车、不愿旅游。还有许多个"不"，我就不多罗列了。

　　这种状态，似乎跟这个"快"时代相悖。我慢得不行，懒得不行。朋友鼓动我、催促我，我还是懒得动。

　　唯一的愿望，就是捧着书看看，拿起笔写写。抽香烟、喝咖啡、打扑克，附加这三个小小乐趣。人生就简约到这个境地，像小小说。

　　这个世界已把简单的事儿弄得越来越复杂了。我认定，要把繁杂的事儿清得越来越简单。一个人能侥幸地活着，是很不简单的一件事儿。繁杂了，很累。

　　十多年前，狠狠地上过一次网，楼层里，上上下下跑，一晃几个钟头，好像不过如此。跑空了。就拒绝再去跑。

　　倒是十几年如一日，关注网络：文学如何在网络上表现，包括手机小说，包括动漫。20世纪末，有一次，跟当时在亚洲卫视的一位朋友，兴致勃勃地谈了小小说怎么通过手机通过动漫表现，甚至头头是道地分析自己的小小说里动漫的元素、网上阅读的可能。好像小小说碰上了一个好时代。一千多篇意外系列就是那时起开始动笔，一厢情愿、自作多情地以为这样的小小说适合网络、手机阅读——今天又给你一个"意外"了（自拟广告语）。

　　心头着实热了一阵，然后，又冷了。冷了的结果，把剩余的近千篇"冷藏"。

　　近日，收到一位遥远的朋友的一则短信：出差回来，看了你的小小说，宛若当下的春意，有机会想促成小小说与微电影的联姻，发挥小微耦合的巨大能量。

　　我没回应。这个"微"时代，是不是能意外遭遇小小说表现的另一种可能？我还没精神为之一振。反正，我坐着懒得动，唯一等来的可能是个"老"。懒得理这个逼近的"老"。

此次整理这一部分"意外遭遇"（还是曾打印出的百余篇），发现其中的几十篇溜号了。就像这个系列中逃跑的麦子（麦子像羊群一样在成熟时集体逃跑），那个小男孩一路追踪麦子，问："看见我的麦子了吗？"

　　那个小男孩曾放过羊，他用栅栏围了麦地，可是，麦子还是逃走了。他的视角里，麦子像羊群一样。而我守望的那片麦田呢？

表和里：翻或拉的颠覆性

中国作家莫言的《翻》和以色列作家埃特加·凯雷特的《拉开拉链》的主人公都碰到了麻烦。这种麻烦表现为一个动作：翻或拉。都有共同的兴趣和执着：对里边好奇。

我也好奇。不过，这种对里边的好奇，对读者来说，是惊奇。阅读的惊奇。惊奇是已经稀缺的情感。作家，要学习这两个主人公，保持小孩一样的好奇，否则，读者就不会惊奇。惊奇并非传奇。

2004年，我碰见了莫言的《小说九段》，2013年，我遇见了凯雷特的小说集《突然，响起一阵敲门声》，凑巧同为接近年底。篇幅都不长，属于小小说的规模。由后者，我立即想到前者，合并同类项。媒介就是翻或拉开外边，呈现里边的意象。

现实生活中，一个物件的形体，都有固定的结构，该在里边的就在里边，该在外边的就在外边，表和里构成统一。通常说的表里一致。或说表里和谐。打破了，就违反常规。起码，会有麻烦。

小时候，我在西部的农场，记得每年春季都要有一场屠宰，农场称之为淘汰。淘汰一批羊，就得集中屠宰。场面十分壮观。那些日子，连队传遍羊的哀号，似乎羊群知道大难临头。附近连队的职工，会来驮羊杂碎。一副羊杂碎包括羊的蹄、肚、肠、肾、肝。其中，羊肠子得翻，用一根筷子，抵着一头，带动整个肠子跟随着筷子，穿越肠子，然后，顺利地将肠子翻了个里朝外，用碱或盐洗净了翻在外边的又臭又黏的肠内壁。我佩服大人翻肠子时的熟练技巧，那是日常生活里的事儿，已习以为常。后来，我也翻过细细的鸡肠子。对"里边"的兴趣，跟莫言小说里的那个小孩差不多。我甚至拆过钟表。

小说是虚构的艺术，它呈现的是一种存在的可能。扩大了翻、拉的范围，一旦穿越现实的边境，就进入了荒诞。于是，小说抛开现实的逻辑，实践小说的逻辑。

小说有自身的逻辑。我阅过一些虚假的荒诞小说，它们在打开小说的世界时，以为可以随心所欲、自以为是地"翻"或"拉"。小说的情节在展开过程中很放肆。也可说不够自律。它们确实抛开了现实的逻辑，但是，同时，也抛开了小说的逻辑，这样，人物所带出的情节，就紊乱，而且，细节也随意，像主人公迷失了方向，不可信。我想，可能作家心里没装着一个活人，就胡编情节，造成了人物的无常。

其实，魔幻、荒诞仅仅是小说的手法，表现时，细部还是踏在现实的土地上。创作这类小说（我称为会飞的小说），作家面临着首要的问题是：怎么弄得像真的一样？

小说内在的逻辑紊乱，就失真。前提是，作家本身要相信，那么读者也会相信。这也是小说的道德。"像真的一样"，就是作家相信它真的发生了。而且，确实真的在小说里发生了。

我在一些作家的这类小说里，发现了犹豫。可以看出，一只脚踏在"现实"的门外，另一只脚跨进了小说的门内。这种进退两难，犹豫不定的姿态，在小说里泄露出来。导致了小说在打开的过程中，人物的犹豫——迷失方向，就乱走，似乎越奇就越好。反映出作家自身缺乏自信和能量。其实，小说的情节展开轨迹，应当有一个方向感（活着的人物总有一个意向）。这种方向感由

向经典深度致敬

人物决定。

意大利作家艾科曾提醒我们：进入小说的森林，请注意，在那里，狼会说话。莫言的《小说九段》，也有一篇《狼》，开头一句：那匹狼拍了我家那头肥猪的照片。这是魔幻、荒诞小说的一种方法。卡夫卡《变形记》一开始，也直截了当地写了一个人变成一个虫。不交代理由，就从容地展开叙述。我在其中看到了作家的自信——毫不犹豫。莫言、卡夫卡都相信小说里"狼会说话"——已发生或正在发生。

哥伦比亚作家马尔克斯，为了增强魔幻小说的可信度，他找到了自己的声音：像老祖母一样用平常的语气讲魔幻故事。莫言的小说《翻》，采取间接转述的方式，转述了现任镇党委书记碰上了麻烦——五岁的儿子小龙的怪症：翻东西。见到什么都要翻过来。翻得里朝外。而且，翻得很来劲。翻到老子身上来了。

这种转述的一个特点是：奇异的事用平常的口气。含着可信性，因为是同乡同学。还以那对夫妻生儿子的经历来铺叙，由第一人称的"我"来转述，增强奇事的真实性——小说意义上的真实，但又由"现实"托着。把荒诞安放在现实的土壤里。

"我"的小学同学几乎是在求援求助，就如同我们的现实，突然出现超出我们计划和掌控的意外，而且，意外是从未有过的意外（这种意外已频频发生了），常常弄得我们手忙脚乱、不知所措，过去的一套都失效了。隐含着一个尴尬：作家并非全知全能。《翻》的结尾，没有出现"我"（也可视为作家莫言）的有效对策。作家的任务是什么？是提出问题，提出"高明"的问题，而且是用"形象"提出一个"高明"的问题，但不解决问题（这不是意味着作家不负责任或推卸责任）。我们许多作家小说中提出的是"平庸"的问题。提出问题的能力下降了，这说明作家的精神能量枯竭了。

莫言是个擅长提出"高明"问题的作家。过了近十年，我还时不时地想起那个一根筋"翻"东西的小孩。想象一下吧，如果把所有的东西翻个里朝外，外在里，这个世界会出现什么样的状况？起码，没有隐秘可言了。我们死死守护的不就是"里边"吗？

那个父亲的儿子，"翻"东西，也有个循序渐进的过程，同时，也是小说的逻辑，先易后难——袜子、枕头，继而蚯蚓、母鸡、小狗。翻平常的物事，就像我小时候翻羊肠、鸡肠，习以为常。莫言慢慢地把我们带入异常，甚至要"翻"骡子这样的大家伙，那么就越过了"现实"边界。莫言是一个喜欢"越界"的作家。他从容地叙述，显示了他的自信。

这就是荒诞、魔幻小说的第二种方法：慢慢地越过现实的边界。采用罗列行为的方式，层层递进。最后，再缓一步，写他翻玩具狗熊。然后，一个飞跃：父亲突然感到肚子上痒，睁眼，儿子用指头比量着父亲的肚子，选择一个恰当的入口翻父亲。

莫言在写这个小男孩翻东西的过程中，一层层扩展翻的范畴，让情节"翻"出欧·亨利式的意外，写到翻父亲的高潮，挨了父亲一巴掌——扇到床下。莫言还嫌翻得不够，在"高潮"处，一个回落，写道：他哇哇地哭着，顺手把一只鞋子翻了过来。莫言很好地把握了这个"翻"的起起落落的节奏。

翻不成父亲的身子，而翻父亲的鞋子，而且是一只，可见翻得执着、着迷。高手之笔在于翻父亲不成转而翻鞋子。连父亲的鞋子也不放过。

结尾一句仍是向"我"求救求助——你说怎么办？作家没表态，那么就把问题留给读者吧。

古今中外的小说，表现父子关系的作品甚多。莫言写的这对父子，给读者带来了惊奇。那个着迷了"翻"的小男孩，颠覆了我们习惯了的人与物的关系，里与外的关系，更要命的是颠覆了父子的关系。父亲在他的眼里，也是可供"翻"的物件。一种颠覆。

以色列作家埃特加·凯雷特的小说《拉开拉链》，是翻的变体——拉，人物关心的也是"里边"。人体作为主人公视角里的物件，类似一个带拉链的旅行包。他的方法：快快地越过现实的边界。也就是一开始就写生活中的异常。不过，在叙述过程中，有着扎实的写实手法。像真的在发生一样。我佩服凯雷特写这类小说的真诚和自信，毫无顾忌，毫不犹豫，他完全沉浸在小说的世界里了。

莫言的《翻》，从大往小写（所谓大，是小男孩的身世背景：他从哪里来？个人的社会背景）。而凯雷特的《拉开拉链》，从小往大写（所谓大，是带出女主人公的大关系，两个男人的背景）。但是，两位作家的共同之处是紧扣一个动作，贯穿全篇：翻或拉。

为什么要"拉开拉链"？凯雷特切入小说用了一个小细节来开头：一如既往，一切都是从一个吻开始的。这对男女的舌头搅在一起。舌头是敏感、脆弱而娇嫩的部位。女主人公艾拉的舌头被齐基的舌头扎伤、流血。一奇。舌头泄露了隐秘和撒谎。有悬念，有陌生。

于是，这对男女的关系发生了变化。由舌到嘴，再到整个身体。小到大。作者给了齐基一个细节：张嘴睡觉。这是个小小的通向秘密之"门"。小说打开的逻辑，就像她打开他，要有一个打开的合理细节或情节的逻辑。乱打开，就失真。

女主人公在齐基的舌头底下发现了异常：一条细小的拉链。这一拉，拉开了真相，并且，为接下来的情节奠定了基础：她的好奇启动了，或说飞翔了。

拉开拉链，作者写道：齐基整个人就像蛤蜊那样打开了——里边竟然是于尔根。于尔根是她前任情人，即未婚夫。可以想到，这是一种潜意识的实现，按弗洛伊德的说法是梦的达成。她其实还怀念前男友。前男友这样隐匿在现男友的体内，形成了对比。二奇。凯雷特却极力把奇异往平常里写——回归日常生活。我们通常会抓住奇往奇里写。而高手是把奇异往平常里写。

艾拉没有表现出惊奇，她像平常一样从从容容地做些善后工作。如同处理垃圾那样，将齐基的外皮折起来，放入垃圾桶。然后，跟前男友过起夫妻一样的生活——写到双方文化的差异，人生的态度，导致前男友跟她再次分手出国。

爱情出现了数月的空当，于是，无中生有，女主人公记起齐基的外皮——那是个空壳了。一切都不可挽回，她想：拉开他的拉链也许是个错误。这里用的是吃不准的口气。故事进入高潮，是承接了那一个吻受到的伤害。现在，她面对自己，由他者到自己，外转内了，在镜子里先看见伤疤，接着，发现自己的舌头底下有同样一条细小的拉链，想象里面的自己会是什么样。三奇。但作者没有走以奇为奇的路线。

打开别人容易，打开自己犯难。她期待并好奇"里边"的存在，但她鼓不起勇气揭示。最后，作者点到：怕会很疼。

其实，疼的是心。但是，她已麻木了。

可能每个人的"里边"都有一个别人。一旦涉及自身的隐秘，不就像女主人公那样担心、犹豫了吗？不敢打开自己。《翻》中的父亲，不也害怕了吗？

中国的莫言和以色列的凯雷特，都对"里边"发生了好奇，这种翻或拉的假定，是一种小说的可能性，用陌生的方式抵达我们熟悉的现实，呈现了人类普遍的情感。似乎翻开或拉出了每一个人的隐秘。两个关于里边和外边关系的故事。

一座楼房得有个基础，小说像一座楼房。从作家与读者的关系来说，我启用一个词：相信。由此，我想到两位作家建筑小说的基础（或前提）。莫言和人物结成朋友的关系，让人物倾诉，形成一种貌似真实的姿态，目的是首先解决一个"相信"的问题。他通过这种方式让读者相信：我讲的是个真实的故事。而凯雷特却不在乎这一点，他直截了当地讲一个不可能在我们认为的现实中发生的故事，他对读者的态度是"信不信由你"。类似卡夫卡小说《变形记》一开始就写出一个人变成虫，也不交代变成虫的技术方面的原因。但是，我看出作家本人相信自己所讲的故事的真实性。莫言的方式，隐含着他的顾虑，得借助一种方式跟读者套近乎：这样你总该相信了吧？！莫言的长篇小说《生死疲劳》，有个东方文化的轮回观念拖着，他表现人物生死轮回之疲劳，就毫无顾虑了。

年复一年，那么多小说问世，有多少小说能让读者铭记？哪怕一个细节。我记起的是翻和拉的动作，就是这两个动作在我的脑袋里翻来覆去，挥之不去，构成难忘的形象。我想起汪曾祺的小说《陈小手》，说陈小手活人多矣！作家不也争取活人多矣吗？

汪曾祺的老师沈从文说："贴着人物写。"我还嫌这不够引起注意，因为人物有许多个侧面多种行为。作家应提取其中一个细节，给人物配套。强化、夸张一个细节，并贯穿始终，颠覆习以为常的思维（某种意义上，小说需要有一种颠覆精神），让一个有含量的细节发挥巨大的能量。所以，我认为：要贴着细节写。我是个细节主义者。

补充一点埃特加·凯雷特的背景。1967年他出生在以色列，父母是纳粹大屠杀的幸存者（我想到莫言，经历过饥饿、运动，其作品里有着疼痛）。他以短篇小说创作见长。短篇小说集《突然，响起了一阵敲门声》，里边基本上是小小说。他的小说荒诞、有趣（怎么把小说写得有趣？这是一个经典的例子）。被称为以色列当代最好的短篇小说家，甚至，得到多位当代著名作家的推崇。这是一位没让我在阅读后失望的作家（我在各种推荐、炒作中阅读某些作家的作品，时常会失望），而且，名副其实的杰出。

所以，我把世界文学天空中的两颗星星对比着来观赏。随着时间的流逝，一些流星消失了，我相信，这两位作家仍然闪烁着小孩纯真的眼神。因为，我忘不了那小说中闪闪发光的细节，它们照亮了人物形象。人物一旦执着，小说就有趣，人物就可爱。

文学的失明：香味大步疾走

我重述过禅宗个案，用小说的方式重述《盲人掌灯》。这是博尔赫斯惯用的"偷窃"方法。

两个人在山间小道相遇。一个明眼的游僧发现提着灯笼的僧人是个盲人。于是就有了禅味的问答。看不见，怎么还打灯笼，难道你不想让别人看出你是盲人？

漆黑的夜晚，明眼人和盲人都处在同一种境况：两眼一抹黑。但是，盲僧夜里行脚，就打着灯笼。

明眼的游僧以为盲人是为了给别人带来光明。奉献是我们常使用的大词。禅宗里常用卑微的小词。可是，盲僧说："为了我自己。"

盲人怎么看得见灯亮？但盲僧反问："你有没有走夜路跟别人相撞的经历？"

明眼的僧人有过这样的经历。盲僧笑了，因为他还一次也没被人撞过。

盲僧丧失了看别人的能力，他采用独特的方式，凭借灯笼让别人看见他。

表面上看，是照亮了别人，其实照亮了自己。

我想，文学的存在，这则禅宗也隐喻着文学的价值吧？

当我获知诗人梁小斌失明的消息，回味他的诗，我想到掌灯的盲僧。诗人是时代的掌灯人。继而，我想起了另外三位与失明相关的作家：美国作家雷蒙德·卡佛、阿根廷作家博尔赫斯、葡萄牙作家若泽·萨拉马戈。由此，思绪还在无序地延伸。我写此文，有点像脚踏西瓜皮，滑到哪里算哪里？

我打算省略萨拉马戈。他有长篇的《失明症漫记》，续篇跳回《复明症漫记》。我仅提供一条阅读线索。我注意的方向是失明但返不回复明的常态。萨拉马戈写了人类的生存寓言。

先说雷蒙德·卡佛。美国简约派大师，凭借七十一个短篇小说奠定了他在世界文学中的经典地位。一张标准的卡佛照片，他没戴眼镜，目光像猛兽，我想，那双眼睛，没戴过近视眼镜（他做过十多种体力活儿），没戴过老花眼镜（仅活到 50 岁，大半生都为生计所煎熬，业余写作，常感到屁股所坐的椅子随时可能被抽走）。他有很好的眼力，体现在他的短篇小说里。

《大教堂》里的主角是一个盲人，也是漂泊不定，命运不幸，却保持着纯真的好奇心。一对夫妇接待一个盲人，丈夫承担了陪盲人的职能。其实，就是一个明眼人与一个失明人怎么相处的故事，还是第一次见面，两个陌生的男人的交流，从接待的角度来说，多么艰难。

卡佛的小说看似"简约"，却过于丰盛、丰富、丰沛，随便抽取一个细节，都可以感受其中的奇妙、微妙。例如，《大教堂》里，胡须、睡袍、哈欠等细节，它们凝结起来，形成意向，指向"大教堂"，有种千条江河归大海的气势。正如卡佛如是说："作家要有面对一些简单事情，比如落日或一只旧鞋子，而惊讶得张口结舌的资质。"《大教堂》，卡佛修改、润色了三十多遍，足见他对文学的虔诚。很像中国的老农民，守着一亩三分地，不辞辛劳地给庄稼除草、松土、施肥、浇水。

我仅提取《大教堂》里的电视机这个物件来说。两个陌生的男人相处，尴尬的是不能冷场，何况，作为丈夫接待这个盲人，要完成妻子交办的任务，就得没事找事，没话找话，按现在的说法：找话题。偏偏他又不擅长。吃也吃了，说也说了，不得不借助电视。体育、新闻之类的节目，换了几个频道，还是回到原来的频道。卡佛就是这样写丈夫的无聊、盲人的宽容（你看什么都行，我总能学到一点什么）。

丈夫用眼看，盲人用耳听。盲人知道是彩电（盲人家里也有电视，一台彩色的，一台黑白的）。卡佛的小说细微之处相当妥帖、讲究，就如同博尔赫斯所说一滴水落入一条河，一片绿叶藏入一片森林。

终于有了一个交流的载体——电视里的大教堂。前边已铺设了一个细节，盲人与妻子，在大教堂里举行婚礼，这次来访，是丧妻。他没有带来忧伤、悲哀，却持有对一切的好奇。

但是，明眼的男人觉得就大教堂必须说点什么，他不信教，却向盲人描述起电视里的大教堂。还是没话找话。盲人关于大教堂的感受也是听电视里的讲解员和明眼的男人描述综合而成。

大教堂这个意向"往上升、往上、往上"。小说进入了神圣的层面。可明眼的男人仅看和说建筑概念的大教堂，他只是不想冷场。一明一盲的两个男人的交流艰难地进行着。明眼的男人感到语言的贫乏。

如何表达？表达陷入困窘。夜晚到了这个时刻，盲人第一次出面调解：我有个主意，我们一起来画一个。

明眼的男人显然连自己的家也不熟悉（可见他对这个世界也麻木，失去了兴趣），他费了一番周折寻觅笔和纸，最后找到一只留有洋葱皮的购物袋作为画纸。

由描述转入描绘，盲人用手把住明眼人的手，通过手来感受明眼人画大教堂，这是一种鼓励。可是，明眼的男人也画不好（我不是什么艺术家）。盲人像看见一样说："画得不错。"盲人还要他往里面加几个人，没人还叫什么大教堂？

卡佛在此留了一个空隙，没有交代是不是画了几个人。可以想到，其实，这对夫妇和盲人已在画中。盲人反客为主，把小说推向高潮，像老师对小学生那样，要他闭上眼睛，别停下来，继续画。

男人的手在纸面上移动时，盲人的手指搭在男人的手指上。男人一生也没有过这样的经历。盲人评价："我觉得你画好了。"然后，要他睁开眼看一下。

整个描绘教堂的过程，都是受盲人的指示。盲人一向不去指示别人。

可是，男人坚持闭着眼，他已进入了盲人的状态。他觉得这是件我应该做的事情。他终于当一回事了。

盲人问他"看"画的感受。他还闭着眼，说："真是不一般。"

小说在此轻轻地放下，我们能够感到"大教堂"的分量——已在他心里建立。两个人的关系融入"大教堂"。

男人闭着眼，感受着盲人的视角：这就是一种融合。由隔膜到融合。仿佛盲人在这个家庭里建起了大教堂。

我小时候，也使用过这个明眼人闭眼的视角。只不过，这个男人经历了风风雨雨，什么事儿都提不起他的精神。而儿时的我，像盲人一样对世界充满了好奇（盲人经历那么多苦难仍保持着孩童般的纯真与好奇），上学途中，我沿着与防沙林平行的小道，不知怎的，我闭住眼，模仿起了盲人，那是一条不知走过多少来回的窄窄的土路，我走偏了，一下子撞在一棵树上，脸擦破了一点皮，鼻子也出了血。放学回家，妈妈以为我跟同学打架，当知道我撞了一棵树，妈妈说："好端端的路，你瞎了眼？怎么往树上撞？一定是上树掏鸟窝摔下来了吧？"

我没透露我在装盲人。但是，我终于也有过一次用盲人的视角感受世界的经历。所以，那以后多次遇见过盲人，我就打心底佩服加好奇——毕竟那是一个我陌生的视角。当然，小孩想得没有这么复杂。习惯了能看的眼睛，已忽视了眼睛的重要性。人生相当多的

向经典深度致敬

是依靠眼睛生活。明眼人体会不到"爱眼日"的意义。

《大教堂》里的盲人，已不能"看"，却掌握了另一种"看"的本领。用心"看"。明眼人是用眼看。

所以，我获知诗人梁小斌的眼睛猛然看不见了，我闭上眼，许多没有因果关系的物事，像繁星一样出现在我的脑海里。漫长的人生中，诗人已用惯了眼睛，眼睛已使他养成、积累了一种习惯的经验。看不见，标志着过去的习惯就中止、无效了，他怎么面对剩下来的现实？

《大教堂》里的盲人，人生的起点就是"看不见"，而梁小斌是人生的中途突然"看不见"。阿根廷作家博尔赫斯也如此。博尔赫斯和梁小斌稍有区别。博尔赫斯是渐盲，梁小斌是顿盲。这是套用了佛教里的渐悟、顿悟的概念。对生理的眼睛而言，是丧失、绝缘了光明。博尔赫斯的渐盲（拖了许多年），如同蜡烛泪始尽，梁小斌的顿盲似同保险丝熔断（短时间突然发生）。我想诗人梁小斌可能用眼过度了？而博尔赫斯之盲，是家族的遗传起作用，他早有这样的宿命。梁小斌则是遭遇了意外，人生的不可知不可控。

博尔赫斯渐盲了，还担任阿根廷最大的国立图书馆的馆长。拥有几十万册书，却不能看。他是位"作家的作家"，从书到书的作家，他博览群书，却跟书绝缘——幸亏那些书已提前由眼转入了心。博氏这样对待渐盲：一是回忆读过的书，他的记性超强。二是靠别人来读书。《大教堂》里的妻子，就是读了报上的一则广告（招聘——帮盲人读书），当了盲人的助手。严格来说，是助眼。由此结下了深厚友谊。博氏起先依靠母亲，后靠女秘书，日裔的玉儿，这一点跟《大教堂》里盲人类似，第二位女助手跟盲人在大教堂里举行了婚礼。晚年，博氏跟玉儿结婚。

渐盲后的博尔赫斯，幸亏有了玉儿这双眼睛，大和民族的视角竟能跟阿根廷的博氏融合。她帮他读书，还记录——博氏口拙，却开始了他另一种创作方式：口授小说。后来，博氏发挥了他口才的潜能，常常出国演讲，博览过群书的他，出口成章，还出了一本论诗艺的演讲集。

以"盲"为界，博氏前后的小说发生了变化。渐盲后的小说，返璞归真，保持着"说"的语态（小说是"说"的文体，许多作家已忽视了这个特质）。博氏口述过一篇小说《小圆盘》，实为他杜撰的只有一面的古代硬币。估计灵感来自他明眼时的阅读：民间故事。博氏擅长利用民间故事的资源（《一千零一夜》生成前也是民间传说）。

《小圆盘》里，那个拥有罕见的一面硬币的人，被杀了的一瞬间，出现一道光亮，当谋财者将尸体抛入河流，返回找硬币时，已找不到。

只有一面的硬币是个隐喻。现实中的硬币都有两面，如同光明和黑暗共存、美丽和丑陋同在、上帝和魔鬼依存。只有一面的硬币就似失明的人，但是，我们不是在《大教堂》里读到了盲人的另一面吗？他传达了光明。那是卡佛经历过艰苦之后，生活有了安宁——最安稳的一段生活，就是第二次结婚。他的小说的温度，由冷转暖。出现了温暖的小说。包括《一件有益的小事》。卡佛的生活和创作总是保持着密切的关系。他不是刻意，而是自然而然地流露、呈现。冷峻的卡佛，温暖的卡佛，他的小说，像一枚硬币的两个面。

什么是朋友？我把文学朋友分为两类。一类是未曾谋面，甚至不可能相见。比如，国外的许多我心仪的作家，即使去世了，他们还活在我的心中，我通过他们的作品跟他们交流，密切而又热烈。对这类朋友，我选择读其书诵其诗，而不必识其人（诗人周梦蝶之诗句）。这是一厢情愿的朋友。二类是经常相聚的朋友，有共同的兴趣和话题。

我读梁小斌、雷平阳的诗，已将不曾谋面的他们视为朋友。我悄悄地读诗，不敢公开评论，因为，我对陌生的领域不敢妄加评论，仅是喜欢而已。不过，我会对写小说的朋友推荐，而且煽动，要在

向经典深度致敬

诗歌里偷东西，为小说所用。有一回，我莫名其妙地参加了一次只有我一个写小说的诗歌研讨会。我跟一个浙江的诗人说："我常常在诗歌里偷东西，你们诗人在小说里偷过东西吗？"

真像小偷交流偷窃的经验。我想到卡尔维诺的一篇不足千字的小说。小说写了一个居民都是小偷的小镇，小镇立了规矩，一到夜晚，居民就要相互偷，每个人去别人家偷，而且腾出自己的家让别人来偷。但是，小镇来了个陌生人，他每天晚上待在屋里看书。那条偷窃的长链，到他这里断裂了一环，导致小镇居民习惯的生态被破坏——而且坏了规矩，本来，相互偷窃，生活平衡，贫富均等。这个陌生人不偷窃，也不出行，于是，出现了差别，偷的人富了，没偷的人穷了，把陌生人驱逐出小镇，但是生态结构发生变化，富人开始雇佣穷人替他偷。这个不偷的陌生人成为不受欢迎的人。

这是另一种隐喻。我和朋友雷默都写小说。2014 年 7 月 1 日，无意中聊起了雷平阳的诗《杀狗的过程》。没有相互通气，却有共同的阅读经验。我和他谈了四十多分钟雷平阳的诗，像给雷平阳的诗开了一次研讨会，而雷平阳不在场。我把雷平阳的诗歌界定为诗小说。读他的诗，有种读着一部高度浓缩的小说的感觉：厚重。厚重不是以字数来衡量。我俩也提了梁小斌。现实的一个电话插足，不得不中断电话研讨诗歌。主人杀自己的一条狗，杀得惊心动魄。这首诗使我想到我们的历史，有历史的纵深感。

读诗，我就觉得像个小偷，已金盆洗手了，却技痒。想象自己也模仿着写诗，然后，去自己的诗里偷。我对诗人的背景总是充满了好奇。我试图使用盲人的视角去想象梁小斌顿盲后的生活——黑暗中怎么看见光明？

我相信梁小斌有他的方式。当他进入失明状态后，各地的朋友(诗人)纷纷伸出援手，他确实体会到光明和黑暗的区别。不过，在感知"黑暗"这一点上，他还得靠自己。失明的孤独。

2013年秋，余姚发了大水，整座城市浸泡在水中。我所在的住宅小区，污浊的水漫至腰，待在楼上，像被围困在了孤岛，而且数天断电。我恐惧起黑暗，看不成书和电视，这跟盲人的境遇差不多，幸亏天还会复明。不断用想象跳过夜晚直达天明。

我对黑暗无可奈何，不得不提前躺在床上，没有睡意，只能瞎想。这跟梁小斌顿盲的处境相似吧？他展开了想象的翅膀，回想明眼时期的生活——怎么把一只偷来的鸡吃进肚子的往事。之前，他遗忘了。失明唤醒了活跃了他的记忆。

以前，我总以为只有我干过偷窃的勾当，接受"再教育"时，偷过瓜和鸡。后来，跟朋友、同事交谈，欣慰他（她）们也是"同伙"，都有过见不得阳光的小偷小摸。我欣慰了。而且，大家共同的"偷"在回忆中那么美妙、温馨。提醒读者，这是回忆，不是倡导。

梁小斌也是我们的同伙——一代人的记忆。顺便，我也老实坦白交代（但我不知怎么给自己上纲上线），1974年，我高中毕业，下到农场一个连队接受"再教育"，那时，劳动很苦很累，体力消耗大，可是伙食极差，一碗名曰炒白菜，实为清水煮白菜，需从侧面水平线观察碗中的汤表面，像哥伦布发现新大陆那样寻找稀罕的油珠。身体的收支失衡。单身职工就打双职工的主意（规定双职工一家只能养三只鸡，多了就是资本主义的尾巴。现在的疑问是：规定的依据是什么？）。

我和同宿舍职工是高中同学，锁定了结了婚的男同学家的一只生蛋的母鸡。我省出食堂打来的米饭，将米饭撒在鸡前，鸡追啄着米饭，一步一步吃进了我们的宿舍。炖了鸡，还请了那位同学来一起享受。想不到他说："你们做贼，怎么不知道销赃？竟把鸡毛杂碎倒在宿舍门口的垃圾坑里。"

第二天，他的妻子开骂。他成了我们的同谋。他妻子心疼正生蛋的鸡："哪个三只手偷了我家的鸡，生出小孩没屁眼。"咒骂延续了一天，我怕别人咒，不怕骂。假若能叫分赴自己身体各处的碎片，集合起来组成一只鸡，我一定放出来。我对那位同学说："你劝劝你老婆，生气伤身，别骂了，她生小孩时，我们上巴扎买只鸡补上不就得了。"他说："我们吃了我老婆心爱的鸡，让她骂一骂，消消气吧，我也没办法。"

后来，班里开生活会，抖落"活思想"，我们互相交换"坏事"，以方便供他人狠斗"私字一闪念"。可是，深挖思想根源，我为难了，我说违反"三大纪律，八项注意"中"不拿群众一针一线"，可我的地位也不比同学那两口子高，只能算接受"再教育"的群众。同学顺手给我选了一顶帽子扣上：资产阶级生活方式在作怪。不知资产阶级究竟是个啥？我已经习惯，不管合不合适，我也凑合着被戴上了，反正往高里取帽戴没错。1975年，我由连队被抽调到学校任教。我永远难忘同住在一个寝室里的巫老师，他是右派，曾是学法律的高才生。学校每次接到团部"上挂下联"的批判任务，巫老师理所当然地成了"运动员"。他为了让我在学校组织的批判会上发言有新意，就主动给我提供他的"罪行"，后来，我知道，他给好几位年轻教师分别提供过自己的"罪行"，以供揭发批判，从而方便我们"进步"。他主动让我们踩上他的肩膀"进步"，批判会上他还用鼓励的目光对怯场的我示意：向我开炮。离题了。

梁小斌也把偷村民的鸡视为"干过的坏事"（读者可以玩一玩智力游戏，给他挖一挖思想根源）。他的侧重点是回忆如何败露。这段回忆的文字像"说"，这跟顿盲有关，改变了他的叙事语言（不妨对比阅读渐盲后博氏的小说）。他的文章题为《趁着雷声我敲碎鸡蛋》。雷声当然比蛋碎的声音响，雷声掩护了蛋碎。偷吃鸡蛋也要借助来自大自然伟力的掩护。

我选择了雷同的经验：偷鸡。读者会察觉，写小说的和写诗的有共同的自我发现。梁小斌偷鸡败露在什么方面？

就像卡尔维诺虚构的贼镇，都遵循潜规则。我和梁小斌在那个年代，处在不同的时空里，都偷鸡，他采用的是笨拙的办法，控制雄鸡的咽喉，不等雄鸡一唱天下白。想必他也采取了和我同样的方式：蒙住窗户。我们炖鸡时用羊毛毡蒙住了窗户，增加房子的密封度。严防香气钻出细微的缝隙。那个年代，人们对食物的气味高度敏感。鼻子由此进化了许多吧？至今，我的嗅觉还像狗鼻子对食物呢。

但是，梁小斌遭遇了来自大自然的介入，"猛然刮起了一阵大风"，风破门而入。他起身，想挡住风，其实是想挡住鸡的香味。狂风要进，香气要出。门一旦张开，控制局面，多难。

这当儿，奇迹发生了：这个鸡的香味在大步疾走，犹如带着红冠的少年在天亮之前把它被杀害的消息通知千家万户。不是鸡实体的形象，而是鸡香气的形象大步疾走。阻止不了"气"。而且，"大步疾走"，唯有雄鸡才能有如此姿态，完成了一次突围。我偷的那个母鸡不可能展现"雄性"的姿态。梁小斌准确地把握了形象，哪怕是香气，也是雄性。

一个村庄有多少户人家？梁小斌用了诗的夸张，"千家万户"，是个辽阔的泛指。如同毛主席语录：让广大人民群众都知道。这体现了诗人的想象和胸襟。

不是鸡，而是鸡的香味把受害的消息采用自己独特的方式通知"千家万户"。求助不了别人，那么，自己来"揭示"。这个魔幻的细节，体现了顿盲的梁小斌作为诗人独特的视角。

我有了共鸣。这不就是写小说的要"偷"的东西吗？这个俗套的偷鸡故事，香味就是新意。香味顿然从所有的偷鸡故事模式里，像梁小斌从床上一跃而起，去挡不可能挡住的风那样，却叫香味趁机逃跑了。我们吃的是鸡肉，不是香味，但香味败露了"小偷"的勾当。局面失控。

倘若从小说的元素看待诗人关于蛋和鸡的故事，那么，蛋是外在情节。蛋之声由雷之声来庇护。蛋被动而鸡主动。而鸡是内在情节。香味大于肉身。由肉弥漫出的香味独立传报肉亡的消息，是自我拯救。马尔克斯《百年孤独》里一个死者的鲜血，在街上像蛇一样游动，执着地寻找本源。香味，鲜血从主体中独立出来，构成有灵性的形象。梁小斌通过香味写出了中国式的孤独。

梁小斌把这件偷窃之事记入当时的日记。他现在看不成日记了，可在回想中，他说："那个鸡的香味仍然在大步疾走。"

量词暗示着等级观念。我习惯了鸡用量词"只"，而梁小斌用"个"，一个人，一个鸡。把人用的量词用在鸡上。表示歉意？尊重？平等？我在沙漠里待过（迷失像失明），在无垠的沙漠里，我发现了自己的渺小。那里，物种的等级观念自然失效、取消。某种程度上，一个人像一粒沙。要是走不出，人就同化为沙粒——消失在沙漠里，无踪无迹。

梁小斌的回忆点亮了往事。其中，传达出他的心境：宁静。处在黑暗里的宁静。顿盲为界，前为光明，后为黑暗。但是，我看出了他黑暗中的光明。塔克拉玛干沙漠，译为进去出不来，他进去，却出来了。他走出了黑暗。

明眼和盲眼，是硬币的两个面。我不能贴切地体会博尔赫斯、梁小斌的盲境。就如同死亡，要体验到了，可能来不及传达，除非像那个雄鸡，借助于香味的形象奔走相告。

梁小斌的顿盲，使我想起念小学时关于光明和黑暗的趣事。上海知青当老师，她拿了个地球仪，我有了世界的概念，之前，我以为巴掌大的绿洲就是整个世界（想当然地认为没涉足的地方就是不存在）。

老师转动地球仪，东半球转到上，西半球转到下，她说："我们这里是白天，美国那边是夜晚。"我就好奇：我们踩在美帝国主义的上边，他们在下边，头在下，脚在上，会不会掉出地球？老师说："地球有引力，而且，在西半球，不会有头朝下脚在上的感觉，跟我们在上边的姿势一样，除非做倒立的动作。"记得上了那一堂地理课，我就乱思瞎想起来。想到戈壁滩上的一个涝坝。那个涝坝很深很凉，谁也钓不出里边的鱼。据传，涝坝深处有一条大红鱼（夕阳映照出的幻觉），而且，涝坝通向地球的另半边。

我获得地理课新鲜的知识，就想实践潜入涝坝，穿越地心，抵达美国，把美帝国主义（当时就这么个说法）吓一跳。不过，我总是潜不深，怎么可能憋那么长的一口气呢？但是，小孩还建立不起这个概念，反复尝试，夏日的水下，冷得我嘴唇发白。

我还本能地担忧一个问题：万一有人知道我的行动，我不就是个投敌叛国的人了吗？紧接着，会连累父母。小孩已有了政治意识，那时，有一句话：我们不但要解放自己，而且要解放全人类，因为，世界劳苦大众生活在水深火热之中。

我做语文作业，造句：不但……而且……常套用此类复句表达。我潜入涝坝，幻想自己是拯救人类的英雄。

多年后，回忆那个英雄行动，想到"文革"时期，其实，我们生活在运动的"水深火热"之中。

梁小斌使我由失明，想到了失忆。失忆是精神上的失明。还带出了相关的作家和作品。我们的文学是否存在"失明"？经历了一次文学的漫游，我想，其实，在文学意义上，梁小斌复明了。于是，我温习我的童年的同时还学习《大教堂》里的明眼男人，我闭上眼，我看见，我的前边，那个雄鸡的香味仍然在大步疾走。

我将密封的房子里雄鸡的香味视为一种文学的隐喻。真正的诗人，作家追求的是唯一性，独特性，希望自己的作品，犹如香味夺门而出———一个唯一跑出来传报信息的形象。

向经典深度致敬

博尔赫斯《双梦记》的来源

品味一篇作品转换成另一篇作品，是很有意思的一件事。理论界称之为互文性。我可不敢拿着虎皮当大旗。我只是琢磨这种转换过程中，强化了什么，弱化了什么，略去了什么，增加了什么。

我的例子是，《一千零一夜》第四卷《一梦成富翁》和《博尔赫斯小说集》中的《双梦记》。博尔赫斯标明了此作"据《一千零一夜》第三百五十一夜的故事"。他利用了《一千零一夜》的库存资源。

假如从素材来源来给作家分类，那么，就有了这样两类作家，一是由生活到书的作家，例如，海明威、契诃夫、莫泊桑、福克纳、鲁尔福等，这类作家甚众。二是由书到书的作家，例如，尤纳瑟尔（法国）、莱姆（波兰）、图尔尼埃（法）、博尔赫斯、芥川龙之介等，这类作家的小说、随笔，其创作相当多的素材取之于前人的书籍。

博尔赫斯一生博览群书，他再发展，再创造了他所说的"先驱"的书。就《一千零一夜》来说，他认为它"不是一本已经死亡的书"，"它原来就是我们记忆的一部分"，它"无休止的时间还在继续"。斯蒂文森的《新一千零一夜》就是这种继续的明证，只不过乔装打扮过后又以另一种面貌亮相了。卡尔维诺的说法是利用库存资源。这个意义上说，文学史，是一部或隐或显的模仿史、利用史。

博尔赫斯的《双梦记》可视为对《一千零一夜》的敬意。《一千零一夜》是东方之书，文学太阳升起地方的书，但它在流传过程中融入了西方的影子。是不是可以说，它成了东方和西方的"双梦"？相互隔膜、相互兴趣的隐喻。

文本具体涉及两座城市：伊拉克的巴格达和波斯（现在的伊朗）的伊斯法罕。主人公轻信自己的梦，而巡警队长却不信自己的梦，前者的梦是假，后者的梦为真。《一千零一夜》中相当多的故事是以梦为题材。夜往往相关着梦。《一千零一夜》中的《一梦成富翁》和博氏的《双梦记》，里边的人名、城名有点差异，是流传过程中的改变，还是博氏的"创造"？暂且不去考证。

博尔赫斯选中《一梦成富翁》，这与博氏对世界的看法有关，他认为世界是一座迷宫，人生是一场梦境。他的许多诗歌、小说，都与这种观念有关。《双梦记》实际是另一种人生的"迷宫"。还是来看两个文本的微妙差异。

第一点，故事的来源。《一梦成富翁》开头是"相传，古时候"。这是《一千零一夜》进入故事的惯用手法，几乎都是"相传"，要么古时候，要么很久很久以前，然后直接写有位什么人。只是传说，而且是相传的故事，说明兴趣者甚众，流传时间甚久，暗示出故事的生命力。博氏的《双梦记》，开头是"阿拉伯历史学家艾尔·伊萨基叙说了下面的故事"。他从历学角度进入故事，有点纳入"历史"的意味。博氏改变了这个故事的性质，而且还写道："据可靠人士说。"他暗示出故事的真实性、可靠性。这也是博氏对历史的戏仿？他的眼里，梦更真实。

第二点，故事的角度。几乎一模一样的故事，博氏重述，他一定注入了他认为的新意吧。现在，有一个"重述神话"的选题，国内外许多作家参与写作，无非是用当代的视角去观照古老的"神话"，这是很有意义的一件事。而博氏的《双梦记》是对《一梦成富翁》的重述，是用发现的角度去重述。于是，博氏改变了原来的故事。

《一梦成富翁》题目可见，是一个发财的故事，而博氏的《双梦记》，是一个人生的故事。很似佛经里所言，不必外觅佛，你自己就是佛。前者写旅程，仅是他"立即启程前往，当他到达……时"。而博氏这样写：他"踏上漫长的旅程，经受了沙漠、海洋、海盗、偶像崇拜者、河流、猛兽和人的磨难艰险。他终于达到……"。前者一笔带过，后者强调了艰险。发财会忽视那过程，直达目的，而人生却注重过程，博氏浓缩了，增强了过程的艰险，而目的地却是虚幻。

　　第三点，故事的表达。两个文本，均不足千字。《一梦成富翁》分了十余个自然段，《双梦记》仅四个自然段。前者是讲故事。后者的结构倒是与梦的结构吻合。细节的差异不容忽视，前者写主人公一贫如洗，可他怎还拥有那座喷水池小花园呢？后者，博氏将其改为房子后面有棵无花果树，树后有个喷泉。喷水池是人造的，喷泉是天然的。居住条件和环境，哪个文本更符合人物的经济拮据的处境呢？两个文本的结尾，《一梦成富翁》写主人公"一下成了腰缠万贯的富翁。世上竟有这样的巧事？"而博氏在《双梦记》里弱化了这个"巧"，将其上升到神的慷慨。那是神的方式。看看，故事情节没变，博氏仅仅在细节的表达上稍稍动了一动，一个发财的故事转化为一个人生的故事，故事内在的立意重点转换了。我想起博氏曾说过："古今的故事不过是若干几类模式，不同的是讲故事的方式。"换句话说，就是给模式化的故事注入新意，作家要有发现的眼光。某种意义上说，作家不是模仿现实，而是模仿观念。博氏在前人那里吸纳观念，形成自己的观念，然后，用自己的观念去提取古老的故事，由此繁衍出新的故事。或说，使《一千零一夜》里的故事以另一种方式活了。

　　博尔赫斯就是这样用自己的方式复活了古老的故事。"双梦"现象，佛经故事里有，中国民间故事里有。山东沂南县刘存祥搜集了一个民间故事《回龙寺》，就讲了一个"双梦"的故事。这是一个村民帮助龙王建盘龙柱的故事。龙王托梦给干事的两个人，而两个人在不同的地方。他俩做了相同的梦（龙王的嘱托）。这个故事里，神托平民办事。宁波市鄞州区麻承照、应长裕搜集整理的《观音阁》的故事，也是个"双梦记"。前者是农耕社会祈雨，后者是商贸萌芽求财。大家可以将这四个"双梦"的故事比照阅读。不同地域的人的不同文化背景产生了不同的"双梦"故事。梦境是人类永恒的灵魂题材。另外，请注意四篇作品中人与神（真主、龙王、菩萨）的关系。取之《回龙寺》那篇，可见神的局限性，龙王要靠人类的救助。还有中国的梦，托梦时，又沟通了双方。而博氏改写的《双梦记》里，真主给了梦，却让双方隔膜着。日本古典名著《今昔物语》（影响过芥川龙之介和黑泽明的书）三十一卷第九篇写了夫妻二人同样的时间做了同样的梦，这种巧合，也许是被此两地牵挂？或许是精灵介入梦境？我看是男主人公牵挂年轻的妻子，生出了魔幻。第十篇也显示了"双梦"。我用我的方式将第九篇改编成小说《一个陌生的小伙子》。

博氏讲："书是记忆的一部分。"我想，书也是生活的一部分。我们荣幸不必亲历古代的生活、别人的生活，而去进入书里的生活。博氏就生活在书籍里。大家不妨去读一读尤瑟纳尔的《东方奇观》，作为西方的作家，她讲了东方的故事，故事的素材来源于东方的传说，法国寓言派作家图尔尼埃也在民间传说中挖掘他的小说素材，意大利的卡尔维诺，中后期的作品几乎也是利用库存形象，为此，他花了数年时间，走遍意大利乡村，搜集整理民间故事，成果是两卷《意大利童话》。蒲松龄的《聊斋志异》也取自民间。现在，不是有"原生态"热吗？原生态来自民间。

不久前，有位喜欢写小说的作者来我这，他写了数部小说，却没人有兴趣读。我们交谈了半天，后来，我问他的阅读情况，他几乎没有兴趣读书。我说："你的胆子也太大了。"有一句话，无知无畏。一个人总有敬畏的东西。敬畏"先驱",发现"先驱",只有通过阅读。博尔赫斯给我们的启示之一,就是博览群书,发现"先驱"。他的作品里,充满了对"先驱"的敬畏之情,在"先驱"面前,他的胆子很小。不过,他很自信,敬畏而不迷信、不盲从,有那么多"先驱"支撑着他呀。

十多年来,我一直搜集各地各国的民间故事(包括传说、神话)。而且,我的许多小说得益于那些民间故事。我认为,那些几千年来,穿越时空的民间故事有着强劲的活力,否则怎么能走到当代?卡尔维诺为何花费精力,走访意大利各地,采集民间故事(《意大利童话》)?他的小说创作和民间故事有什么关联?加西亚·马尔克斯怎么利用了拉丁美洲民间神话资源(集中体现在《百年孤独》)?君特·格拉斯如何将民间故事的元素引进小说创作?尤瑟纳尔和图尔尼埃如何将民间故事转换成小说作品?他们不约而同地利用了民间的"库存形象"(卡尔维诺的提法)。最近,英国一家出版公司发起了一个全球合作项目,有三十多个国家和地区的出版社和作家参与项目的实施。包括著名作家大江健三郎、萨拉马戈等。中国已有数位作家动笔参加。我真想发起以小小说的形式重述神话,它是对中国民间资源(故事、神话、童话、传说)的一次利用——其中能够飞出小小说来。那样可以展开想象的翅膀,给传统的民间形象注入新的活力。昆德拉说:"小说家的雄心不在于比前人做得好,而是要看到他们未曾看到的,说出他们未曾说出的。"这就是所谓的创新吧。

小说创作如何利用库存形象

　　1990年底，我读了这篇《绘画的传说》，当时，我记住了这个绘画的故事。一名中国画师和一名希腊画师，代表着东方和西方，给巴格达的哈里发的宫廷主厅的两面墙壁画两幅画，中国画师耗费了三个月，画出一个仙境般的花园，而希腊画师并没有画，仅仅是在墙壁上装了一面大镜子，却把中国画师的画一览无余地反映在镜子里，于是，希腊画师获得了比赛的优胜。

　　我替中国画师打心底里抱不平（按我们的说法：希腊画师明摆着是个偷窃者）。不过，我知道《绘画的传说》的作者米歇尔·图尼埃是法国当代著名的"新寓言派"代表作家，同属这个流派的还有《东方奇观》的著者尤瑟纳尔、《梦多及其他》的著者勒·克莱齐奥。他（她）们的作品都透出哲理和寓意。特别是图尼埃和尤瑟纳尔，都擅长在世界范围的民间传说（故事）里汲取创作营养，属于博尔赫斯式的从书到书的作家。

　　图尼埃在《绘画的传说》里借人物之口说："我写故事和传说都以民间材料为素材大量吸取养分。"这是图尼埃创作的秘密，有他的创作谈为证。他1989年的《夜宵故事集》基本素材来自民间传说。我记住了他的绘画故事。博尔赫斯毫不顾忌地注明素材来源，可是，图尼埃却往往不点明出处。当然，《绘画的传说》里，我注意到，这个传说曾由"一个聪明的苦行僧阿尔惹尔或更准确地称之为拉扎利或加扎利讲过"，声称是寓言。

我一直未找到那位伊朗哲学家加扎利（1058~1111）的原作。可是，这个绘画故事却驻留在我的印象里，挥之不去。时间会呈现它的原型。今年（2007年）5月，这个故事的原型浮现出来了。我看到了波斯诗人、伊斯兰教领袖、苏非主义作家莫拉维（1207~1273）的重要著作《玛斯纳维启示录》，它被称为"波斯语的《古兰经》""知识的海洋"，称作者为"冥想生活的夜莺""心灵的诗人"。

波斯，即古代的伊朗。这个莫拉维（也称鲁米）何以了得？举个例子，20世纪末，他的一部抒情诗集选译成英语，在美国读者中出现了阅读"冲击波"，发行50万册，他的影响超出了文学领域。读者组织沙龙、举办朗诵、专题诗歌节、互联网建网站、拍摄影片、制作CD。联合国教科文组织宣布今年为国际鲁米年。9月份开始，世界十余个国家和地区举办了一系列纪念活动。一个中世纪诗人在当今的西方世界引起热烈的反响，体现了东方和西方文明的交流、融合。真正有价值的文学能超越时空。波斯（伊朗）和中国、印度、希腊同属四大文明古国。

现在，把视线收回来。绘画的故事，是《玛斯纳维启示录》故事集中的一篇，题为《罗马人和中国人比赛画技的故事》。我欣喜，终于找到了《绘画的传说》的来源。我还注明，图尼埃的一篇小说题材取于此。事情还没完，2007年7月，我读了土耳其作家奥尔罕·帕慕克（2006年诺贝尔文学奖获得者）的小说《黑书》，是一部关于寻找的小说。我是谁？打哪儿来？去哪儿？寻找中，人物的模仿、雷同、复制使人物成了另一个人（我在扉页里记下了阅读印象）。

《黑书》第三十三章，章名《神秘绘画》，有段引语："我挪用了《玛斯纳维启示录》中的神秘——谢伊·加里波"。帕慕克将绘画故事的背景放在了伊斯坦布尔，而保留了故事的基本框架。人物的身份、环境都伊斯坦布尔化了。结局：奖金颁给了那位安装镜子的艺术家。帕慕尔继续发挥和利用了原型故事，让人物进入关于谁模仿谁的纠葛里。故事融入整部《黑书》。

我们看到，一个故事，在不同的国家、不同的时间，重复现身，仿佛佛教的佛本生，不断轮回。重现中，基本故事不变，不过，注入了新的元素。故事还是那个故事，意义已不是那个意义了。我打个比方，好的故事就像一匹骏马，在不断奔跑的过程，卸掉原来的"意义"，又带上新近的"意义"。有生命力的是故事这匹骏马，而"意义"（观念）的货物却是暂时的。可见，讲好一个故事很要紧，图尼埃就把哲理和寓意融化在形象的隐匿处。而莫拉维（鲁米）则公然地表明他的劝诫、说理的意图。

一个故事，就这样在后人的"重述"中获得了新生。好像那两位东方和西方的画家一直在比赛。我想到英国作家乔治·奥威尔（《动物庄园》的作者），写过一篇狄更斯小说的述评，我以为，那是迄今为止我读过的最佳的品读狄更斯的文章。文章起首第一句话是："狄更斯是那些很值得偷窃的作家之一。"论述中，奥威尔又换了一种说法："狄更斯是一位在一定程度上可以模仿的作家……他遭到了相当无耻的剽窃。"

奥威尔用了"偷窃""模仿""剽窃"这三个词来点明狄更斯的追随者、崇拜者。卡夫卡的《失踪者》（又译《美国》）就是对狄更斯小说的模仿，卡夫卡并没有回避自己的模仿，他是创造性的模仿。博尔赫斯的《双梦记》是对《一千零一夜》中一个故事的模仿，他是敬意的模仿。博氏称原来的文本是"先驱"，卡尔维诺则说成是"库存形象"，学习"先驱"，利用"库存"，是作家需要思考的问题。我们常说借鉴和影响。奥威尔用贬义词"偷窃"，很机智。鲁米不是被图尼埃、帕慕克"偷窃"了吗？仔细滤一滤、梳一梳小说史，我们会发现，小说史里，隐含着一部小说的模仿史、偷窃史。理论家称之为"互文性"。

奥威尔提出一个问题："有什么东西值得偷窃？"这有待专家去研究。我以为，是故事。可是，我也提出一个问题：有什么东西不能被偷窃？

我想到博氏说过：古今故事仅有有限的几种模式。我想，除了故事，那么，无法偷窃的是什么？奥威尔指出："无法模仿的东西是他的创造力的丰富"，具体是"创造词语的变化和具体的细节"。这就是说，表达的方式和具体的细节"偷窃"不了。我还加上一条，是作家看故事的视角。一个特别的视角能创造一个世界。我发现，同一个故事在被后人"重述"时，视角不同、表达不同了，故事就获得了所谓的"新意"。

帕慕克的《黑书》里，主人公数次提到鲁米的《玛斯纳维启示录》，"以为是原创的故事，其实都是耶拉（专栏作家）从《玛斯纳维启示录》中抄下来，拿到现代伊斯坦布尔的背景中使用"。我揣摸，帕慕克假托人物之口，说："关键不在于去'创造'新的东西，而是去撷取过去千百年来、成千上万个……杰作，将它巧妙地加以改变，转化成新的东西。"这也是卡尔维诺所说的"利用库存形象"，其实就是小说的一种可能性。

那么，鲁米的《玛斯纳维启示录》又"剽窃"谁的呢？真正的源头在何处？不可得知。可以设想，那是鲁米听来的故事。

我们只能限于鲁米、图尼埃、帕慕克这三作家说同一故事的现象。故事里，实与虚（画作与镜子）涉及两种文化背景。两个墙壁，一道帷幕。鲁米将故事引向心灵：那面镜子，由此引出修炼心灵，"打磨自己的心灵吧"的东方宗教的劝诫。而图尼埃，则把故事放到当代技术进步的环境里将信息传播人与原创者跟那个绘画的传说互为映照，更有时代气息。帕慕克的绘画故事则置于伊斯坦布尔的环境中，探索的是关于身份的主题，或说双重性（他对双重性很着迷，这使我想到博氏的《博尔赫斯和我》，还有斯蒂文森、爱伦·坡，他们是否是帕慕克的精神源头？)。

图尼埃的小小说《绘画的传说》，结尾处有个细节是他的独创：实体的画和镜中的画，希腊画师的画（镜中画）——花园里，现实观画者也映入其中，而且辨认自己的形象，这类似取消了绘画和现实的界线。帕慕克则将独创的细节推向极致，他写了两幅画的神奇：画中的物件走动、消踪等等的异变，画作和现实的界线模糊了，又为身份的探讨服务。

我提供了阅读的背景，至于你能在故事中读出什么？你想往故事中投射（置放）什么？那是你的权利，读者的权利。

重复归纳一下。第一，什么没变？基本故事没变；第二，什么变了？故事的环境变了，细节变了，视角变了。起码，它给我们一个启示：怎么利用"库存形象"，这是未来小说发展的一条路子；怎么保持故事的"常青"，而观念往往是容易过时的呀。赫拉克利特说："你无法两次踏进同一条河。"因为，河已不是你涉足过的河，你也不是原来的你。我想，你无法两次述说同一个故事，更何况，不同的人重述同一个故事，故事已改变了，同时，也改变了作者。某种意义上说，故事就是靠不断被重述得以流传获得新意。重述中，故事被注入了你的意义（观念）。但是，故事之所以被不断重述，其中一定有着永恒的东西，所以，值得后人"偷窃"。

鲁米（莫拉维）这个作家的准确规范的名字、生死年代，还是以《玛斯纳维启示录》一书的介绍为准，图尼埃是不是还发现了另一个鲁米？或说是鲁米的"先驱"，又是一个谜了。我倒期望鲁米不断地重生，我把图尼埃、帕慕克视为鲁米不断地重生，我把图尼埃、帕慕克视为鲁米的轮回。这正说明了鲁米的文学价值，或说是绘画故事的价值。它是在一次次的轮回中活着。一个故事可以有多种表达，可以有多种姿态，它在作家的笔触中获得了"新意"。好的故事，能穿越时空，不断"轮回"，获得重生。

川端康成小小说里轻逸的雪

　　日本作家川端康成，是 1968 年诺贝尔文学奖的获得者，给他的奖状题词中写道："旨在表彰您以卓越的感受性，并用您的小说技巧，表现了日本人心灵的精髓。"

　　外界一直关注川端的中、长篇小说，而忽略了他的小小说（日本称掌小说）。我想，这是崇大歧小的观念在主流文坛起作用吧。一位日本评论家强调："川端的掌篇小说是川端文学的重要路标""叩开川端文学的锁匙，是掌篇小说"。

　　我读过《源氏物语》（曾举过其中一篇《露珠》的例子）。它是日本平安朝物语文学的先声，也是日本小小说的先驱。到了 20 世纪初，日本倡导和借鉴了法国的小小说形式，逐渐风行。川端称之为"写在掌心上的小说"，后缩为"掌上小说"，"掌小说"，名称很形象，象征这种小小说的篇幅像手掌那么大。川端则从创作这样的小小说起步。同仁中，他创作的小小说最多，计有二百余篇，创作时间，是从 1921 年到 1964 年。他的小小说，包含了他的小说创作的基本特色和要素，甚至，他的小小说更具诗的灵魂和想象。

　　川端康成认为小小说"作为文学形式是非常卓越的"。他给小小说归纳了四个特点。我简述一下。

　　一、适合日本人的欣赏习惯。他认为小小说"无非就是最短小的小说的意思"，"日本人已完成了和歌、俳句最短的诗的形式，小说方面自然也能完成最短的掌篇小说的形式吧"。这是日本人的欣赏特性。小小说是"深深扎根在过去的遗传和传统之中的文艺形式"。他认为日本的小小说没有必要像法国小小说那样智巧（可能川端指的是收尾吧？）。

二、是近代的火花。日本近代最发达的是短篇小说，可是，川端指出小小说"既是短篇小说的精髓，又是短篇小说的巅峰"。而且，是现代生活中发现的"火花"。他感慨今天的短篇小说，篇幅上太长，而内容上又太短。我想，他是指精神含量上的小吧？所以，川端康成身体力行地倡导小小说了。

三、有喜悦的广泛性。川端针对小说的创作者、阅读者渐少的现象，提出"除了掌篇小说之外，别无办法解决这些困难"的途径。他说："要将小说变成一般市井人的东西，其办法恐怕只能是掌篇小说了。"因为，它比各种诗更自由，更容易接受。

四、是纯粹的式样。川端的目光里，"在小说中，形式最短的掌篇小说是最艺术的、最纯粹的，这是当然的。尖锐的心灵的闪光、瞬间的纯情，这些东西恰似吟咏即兴的诗一样。"可以进入小小说的形式里。

川端从不同角度阐述了小小说的独特品质，他强调，"希望更多地考虑掌篇小说的素材整理法和把握主题法"。因为，"小说再短，也是小说"。我有同感，小小说首先是小说，其次才是小小说。小小说要在小说的共性中强化自己的个性。他还说："只靠表现的新颖，把素材平凡地罗列出来，这不是掌篇小说的特色。"我的理解，一个素材有独特的表达形式，素材仅仅是作家想象的起点。他还说："不能因为掌篇小说形式短，连内容也要短，连内容也很短是不行的。"这是我们通常所说的小小说要"以小见大"。短小的篇幅中要有大的容量，即在小篇幅中看出没有写出的"大"（精神的博大）。川端在小小说创作中进行了许多探索，他的创作提升了小小说的品质。

他正是从小小说的"小"，转入了中长篇的"大"。

川端的掌篇小说，还是按中国的说法，称小小说吧，表现手法大致可分两类，一类是写实手法，例如《厕中成佛》。另一类是超现实手法，例如《信》《不死》《白马》《雪》。我在偏爱的这几篇小小说中选择《雪》来谈谈。

我注意到，川端的短、中、长篇小说里，还是使用传统的写实手法，有时，我能感到一种中国画的写意。但是，川端的小小说里，却展示出他运用超现实手法的熟练。特别是他后期的小小说，大多是超现实手法的小小说，而且，保持着东方的审美情趣和生存的精神内涵，以及凝练的语言、诗歌的意蕴。我想，这也是小小说的特质，它最能发挥"飞翔"的能力。正如川端在创作谈《让心灵插翅翱翔》一文中说："我也不受小说之类的常规和文法的束缚，更倾向于让心灵插翅翱翔。"他称此为"更能接受日本的古典文学传统"。我想起中国小说的传统，到了《红楼梦》《聊斋志异》达到了高峰。我们如何延续中国的传统呢？

现在，来谈谈川端这篇插翅翱翔的小小说《雪》吧。

故事很简单：三吉每年元旦傍晚到初三清晨，会独自一人住进东京高台的饭店，闭门不出，在那里，他和过去的人和物"幽会"。

似乎饭店的那个房间是他和过去联通的平台，其中，有若干元素值得体味。

第一是雪。川端对雪很钟情，《雪国》也写了雪，那雪弥漫出一种氛围，是日本古典风格的雪，古今中外有许多小说写了雪，有兴趣，可以看我的《小小说讲稿》里《关于雪的经典表现方式》。海明威的《乞力马扎罗的雪》，那雪是死亡的覆盖，已有象征意味。乔伊斯的名篇《死者》，结尾写了雪，那雪是一种死亡的象征。川端的《雪》，侧重写了室内墙上的雪和人物幻觉中的雪，他让雪飞起来——"雪仿佛也变成了翅膀"，而且，全文遍布了雪，雪是三吉的愿望的体现。由此，获得了生命的象征。这里的雪是生，海明威、乔伊斯的雪是死。可是，生和死难道界线分明吗？只不过，川端用生写了另一种死。

第二是名。人物三吉给他所处的物事起了名字，由此，那些物事就属于他一个人的了。"饭店本来已有一个漂亮的名称，可是三吉还是将它叫作梦幻饭店。"而且，每年都住固定的房间，他给那个房间起的名字叫"雪间"。进入房间，所见所幻的雪——"雪已经是属于三吉的，将按照三吉的愿望飘落"。实际上，雪不动，是三吉的心动，那么，雪就飘飞了，进而，他任雪摆布。川端这篇小小说里的人物，就是采用命名的方法，使得物事个人化了、虚幻化了。于是，饭店似乎成了三吉一个人的世界，在其中，他又创造（用个人的幻觉）出他的情感世界。三吉的一个人世界又超越了时空。

第三是比。现实和幻觉两个世界的对比。三吉来"梦幻饭店"的雪间，只是拉严窗帘，合目躺下，"仿佛是从一年到头紧张忙碌积淀的劳顿和烦躁中求得了歇息"。而"一旦被拽进疲惫的深渊，梦幻将开始浮现出来"。现实的重和幻觉的轻形成鲜明的对比。有两段幻觉很具体。一段是与父亲的交流。险峻的山岩那么危险，可是，"这样的大雪也没能把涓涓的溪流埋没呀"（父亲语），死亡笼罩中生命的执着。这里，我忽想到安房直子的《狐狸的窗口》，它与《雪》见到逝去的亲人方式不同。另一段是与雪鸟的交流。雪鸟驾着三吉爱过的姑娘。他与鸟作了童话式的对话。这样，三吉在梦幻的雪中，"能够自由地呼唤过去曾经爱过自己的人们"，具体地点在"雪间"。

我不再展开，大家可以自己去欣赏。每个读者都可以读出属于自己的"雪"。生老病死是文学应当探讨的永恒主题。川端在这篇小小说里，以生写死，以死写生，有着强烈的生命意识。这一切，又通过"雪"来呈现，也就是扣住"雪"来写。那雪，既是三吉的雪，又是川端的雪，因为，它表达出了独特性。古今中外，那么多已写出的经典的雪的篇章，川端以他的独特方式进入了经典。

川端康成的小小说体现了日本的传统，广而言之，他的小小说蕴含着东方的审美情趣。文学史，实际上是文学影响史。乔伊斯的《尤里西斯》，也是借助传统提升了精神含量。日本的小小说，既有传统的继承，也有外国的影响。20世纪六七十年代，美国、德国不约而同地出现了小小说繁荣的景象。中国当代，有两次小小说的高潮，一次是50年代末和60年代初，茅盾为此还专门写了文章加以倡导。一次是近二十年，它兴旺至今。我的看法，两次高潮，有一个共同特点，都发自民间（或说基层，或说草根），由此引起主流的重视。前一次动因来自政治，"大跃进"运动使得小小说繁荣一时；这一次动因来自经济，快节奏的生活需要小小说。这次的繁荣很强劲很持久。今天，我谈川端的《雪》，本意是想通过个案提起大家的兴趣，从而考虑我们写什么和怎么写，即找到自己的观察世界的视角和表达自己的观察成果的方式。

记得张大千说画画的秘诀，其中一条要入境。画家入境了，观众才能入境。川端康成的小说就能"入境"。有画面感、有诗意境。川端康成和东山魁夷交情甚笃。川端发表小小说，都由东山魁夷作插图。当时通讯不发达，本是川端先写小小说，交东山配图，两者之间运作程序烦琐，于是，改为由画家东山魁夷先画插图，川端由画联想，进行创作，那小小说都可"入境"。这段佳话，若是作家和画家之间没有共同的志趣和相互的默契信赖，就难"入境"了。这是题外的话了。

长篇小说楼内的小小说房间

　　我曾将长篇小说里蕴含的小小说称之为一幢楼里的一个房间。南非作家库切的长篇小说《男孩》（又译《童年》）里，我拎出过一篇小小说《自行车》。

　　现在，我从美国作家桑德拉·希斯内罗丝的长篇小说《芒果街上的小屋》里，提取了一篇小小说《许愿》。它也是长篇小说那幢楼里的一个小小说的房间。

　　由此，可以看出，什么是小小说？卡夫卡的小小说《在法的门前》也是长篇小说里的一节，独立出来，又是一篇纯粹的小小说。

　　我们可以将长篇小说和小小说的文本相互对照，发现其中的奥妙和差异。不过，它们能够以一种特别的方式相融——都是生活在同一幢楼里。独立出来，又表现出鲜明的个性，小小说的个性，如一串珍珠项链的一粒珠子，很精致。

　　《许愿》的题目是我所加。小小说要表现人类普遍性的存在。我在《许愿》里感受到了自己的处境。我在新疆和浙江两地生活过。跟《许愿》的作者、人物相似，我也有两个故乡——我称为双根。这是我们这一代人命运的特征。现在，它表现为另一种方式：异地打工、经商。所以，又是时下的一个特点：同样是两个故乡。这种双根性以不同的方式呈现着。文学里两个故乡的人物就很尴尬。

　　许愿包含着憧憬和承诺。《许愿》表达得相当简约、委婉。全篇紧扣住"许愿"——人物离开芒果街前的许愿。她将去很远的地方，想要做什么、能实现否？对话取消了问答双方的有关表情的说明，只剩下干干净净的对话——围绕许愿。送行的人的期待和"我"的向往，是许愿的不同表达。

"我"从哪里来？"我"是谁？"我"到哪里去？这是一个哲学的命题，都凝聚在"我"的身上。

芒果街亲友的期待的"许愿"——"你永远是芒果街的人""你不能忘记你是谁""你离开时要记得为了其他人回来。"

这里，我想到第二故乡——新疆，当初，我想方设法脱离它，现在，我的灵魂一次又一次地回归它。我的躯体走出了它，但是，我以文学的方式频繁地返回它。我以为它枯燥、窄小，现在，它在我的心里渐渐地丰富、壮大起来。故乡、回家这类主题的作品，确实有它的永恒价值。

《许愿》写得很诗意，很含蓄。它没讲出"许愿"的内容——给读者留下了回味和想象的空间。但是，还是在"许愿"过程中，看到一个人和一个故乡的关系。"我为许下那么自私的一个愿望感到羞愧"。

这部长篇的结尾里，作者通过"我"表达了内疚——"我把它写在纸上，然后心里的幽灵就不那么疼了"，"我离开是为了回来。为了那些我留在身后的人。为那些无法出去的人"。主人公的反省里，我们欢喜地看到她的胸怀的博大和责任的承担。

《芒果街上的小屋》用博尔赫斯的诗句作为题记，暗示着这部小说的风格：诗意小说，诗歌和小说的"混血"。它的表达方式，很细碎，很片断，可以说是小小说的章节组成的长篇小说，这一点跟王蒙的长篇小说《尴尬风流》有异曲同工之妙。由系列小小说构成。

整部小说写了主人公期盼有自己的小屋。那"只是一所寂静如雪的房子，一个自己归去的空间，洁净如同诗笔未落的纸"。这是一个寻找归属之地的故事，也是一个女孩成长的故事。《许愿》是整部书的高潮。可见，小小说切入的方式、截取的角度，往往在"高潮"那个焦点。主人公品尝着尚未成熟的"芒果"。

英国作家维吉尼亚·伍尔夫曾写过创作随笔《自己的一间屋》；库切也关注"屋子"，他说过作家就是进不了"黑屋"去想象那里边发生的故事；日本作家安部公房让一个人物去寻找属于自己的房子，最后，人物自己变成了"房子"；希斯内罗丝也寻找属于一所自己的"小屋"。而且，她写出了芒果街上的小屋。我想，作家应当找到属于自己的"小屋"，就是说，要建立自己的世界。童年往往是寻找的起点。

《芒果街上的小屋》是美国当代女诗人桑德拉·希斯内罗丝的成名作。她是墨西哥移民的女儿。此书出版次年便获美国图书奖，又进入全美大中小学教材，托福雅思试题题源。全书由 44 节构成，都是短小的片断，而且，各个片断均表面连贯松散。我选取《许愿》仅是其中的一个片断。希斯内罗丝说："我写的不单是美国的事情，也是你们的；我肯定，在中国，也有这样一条芒果街……我们每天都在跨越疆域，甚至不用离开自己的家就这样做了。"

如果要延伸阅读，我推荐希斯内罗丝的短篇小说集《喊女溪》（译林出版社 2010 年版），其为《芒果街上的小屋》的续篇，两部作品故事发生在同一个环境，但是，《喊女溪》是她成熟期的代表作，其保持着诗人的飞翔，而又落地，表现出成长的挣扎、叛逆和苦闷。还有 2010 年翻译过来的长篇小说《拉拉褐色的披肩》。其中的意象、人物不再单纯，表达语言和组织结构也繁复起来，像茂密的森林。

当今美国小说的一个主流很有意思，其表现为本是边缘的文化进入了小说的主流。桑德拉·希斯内罗丝是墨西哥移民、裘伯·拉希莉是印度移民，均冠以美籍什么裔作家。路易丝·厄德克是印第安裔作家，以及定居美国的印度作家基兰·德赛。还有许多这样边缘文化的女作家。简直表达了文化的冲撞、融合、差异、裂隙、危机、尴尬。其中亮出了身份的认定和文化的纠结。"冷战"结束后，世界小说的一个明显的变化，就是视觉：从文化角度进入故事。比如：土耳其的帕慕克等，明显地使用文化视觉进入小说世界。过去，我们习惯了政治视觉，但是，随着城市化的进程，农民离开土地，某种意义上也是"移民"，面临着一个世界性的问题：身份和文化的尴尬。我想我看，城市大楼里的房间，坐着或住着原本的农民，外表已像居民，其灵魂怎么游动？我阅读生活在浙江的维吾尔族作家帕蒂古丽的散文，就是把她的散文放在世界文学主流这个大背景里去观照，其意义就别致了。她的作品有着强劲鲜活的文化自觉。而且可以看出她有一个地域文化的参照系。

文学的越界：科塔萨尔小说的逻辑

　　按照我们通常的思维习惯，日常生活（现实）有日常生活的边界，小说世界（虚构）有小说世界的边界，这是两个不同的天地。拉丁美洲作家胡利欧·科塔萨尔的小小说《花园余影》的主人公面对了现实和虚构的两个世界。现实中，他是个庄园主。

　　我们不妨看看他阅读小说的反应。这篇一千余字的小小说，结构十分严谨。开头，"他开始读那本小说"，结尾"那人正在阅读一本小说"。这是一个现实的主人公被他正在阅读的一部虚构的小说人物杀害的故事。

　　《花园余影》全篇仅两段，恰恰构成两个情境，一段是现实中的阅读，一段是阅读中的情节、人物迷住了他。感受了不同寻常的欢愉，因为小说将他从日常生活的烦恼中解脱出来，继而，他情不自禁地陷入了小说的幻景里，他成了小说人物困境的目击者。而且，写出了他对小说那对情人关系的关注。一系列细节，都是现实主义的叙写。它们都发生在日常生活的寻常疆界内。而且，都符合日常生活的逻辑。这一段，最后一句话是：这时天色开始暗下来。可见，主人公已沉溺在小说的世界里了。

　　不过，天色暗下来，是一种暗示，一种转折，于是，进入了第二段，是虚构小说的异常闯入日常生活的寻常。原来，小说里的人物开始实施他们的艰巨任务，是预谋，小说中的人物走入日常生活的场景——阅读小说的庄园主身处的别墅。我们看到了这篇小说的残酷，第一段小说里，那个男人杀了女人（现在，"那女人的话音在血的滴答声里还在他耳里响着"），这一段，现实里，那个小说中的男人来杀阅读者。于是，现实和虚构的界限被冲破了。小说的虚构和日常的现实发生了危险的关系——寻常中的异常。

主人公在阅读那部小说，我们在阅读《花园余影》。这种双重的阅读中，主人公被谋害（两段的效果形成反差：解脱烦恼和陷入谋杀），而我们的思维习惯是不是受到冲击？也就是对小说的理解，关于现实，这篇小说扩展了我们通常认为的现实主义的疆域，它是小说的现实。小说的现实不同于日常生活的现实。主人公的遭遇，在小说的"现实"里是真实的。《花园余影》扩展了关于"现实"的视野。

我的印象里，意大利小说《寒冬夜行人》、法国小说《伪币制造者》、西班牙小说《堂吉诃德》等作家都在这方面做了探索，而且，博尔赫斯甚至写过以评论一本不存在的小说构成的小说。再扩大范围，不存的人物（或死去，或虚构的人物）进入日常生活的场景，这些作家的作品，取消了现实虚构的界限，人物在现实和虚构两个世界里进出自如。一年前，我写过一篇小说，小说中的人物"逃出"小说界限的制约，进入现实，弄得作家很尴尬。

这里，我想到了逻辑问题。日常生活有日常生活的逻辑。日常生活不可能发生《花园余影》的奇事，但是，小说虚构有小说虚构的逻辑。我们不会做出入迷了骑士小说那样的堂吉诃德的行为，不过，小说世界不必遵循日常生活的逻辑。小说有小说的逻辑，《花园余影》是小说逻辑的一个范例。它创造了一个小说的世界，它从另一个层面上提示现实的本质，即略萨所说的"谎言的真实"。小说使我们改变了习以为常的关于真实的概念。其实，这类现象正用另一种形式在日常生活中发生。例如，现实里不是发生和作家虚构的小说人物打官司的情况了吗？我们不是认同了媒体广告的超现实诱惑了吗？

《花园余影》没有交代阅读的具体是一本什么书，这是留给读者一个参与的空间，当然，主人公庄园主身不由己参与了那种"创造"。还要注意，此作的两段是两个视角，庄园主和小说中的男人。两个视角之上，是作家的全知的视角。

我跟书长期相处，我总觉得书有灵性，背着我，书里的人物会出来活动。关在书里，毕竟难受。我在书房里抽烟，也内疚，想到许多书里的人物，会被熏得受不了。可能是《花园余影》给我印象太深，遗留了阴影。我阅读涉及凶杀、抢劫题材的小说，我就担心这类人物冲出小说的边界，进入现实，对我做出什么举动。

如果对比意大利作家卡尔维诺和科塔萨尔，到了晚年，他们竟不约而同地进入玄思奇想的境界，那是卡尔维诺在"文学未来千年备忘录"里预测并实践的那种小说轻逸的可能方式。

向经典深度致敬

物件作为一位重要的角色

如果一本书有许多血缘的同族的话，那么，阅读时，你联想到一本书的同族，那是有趣的发现，因为，它的同族可能分布在世界各地。它们跨越时空。小说家族里的成员不在乎国界。

《布拉格小城画像》，采用童年视角写布拉格的芸芸众生，它由十三个短、中篇构成，却由第一人称的"我"串起来，其中的人物还窜篇。这部书，使我联想到海明威的《尼克·亚当斯故事集》、奈保尔的《米格尔大街》、希斯内罗丝的《芒果街上的小屋》，这些，都是以系列小说的方式出现，有成长小说的意味，且又是童年视角的表达。如果把叙事人物的年龄放宽，还可以包括胡安·鲁尔福的《平原烈火》、尔维诺的《马科瓦尔多》、巴别尔的《骑兵军》、塞林格的《九故事》、狄更斯的《圣诞颂歌》、安德森的《小城畸人》。它们共同的特点是，同一种视角、同一个地方、同一批人物，写出系列小说。也可以视为童年视角的变种。我们由此发现了一种小说的血缘关系，或说传统的延续。这类小说的"家谱"还可以不断补续和增容。

我关注这类小说，主要是发现它最适合小小说的表达方法，即系列小小说。小小说作家不约而同地注重了这种表达方式，可能是小小说小，以系列的方式，能够滴水成河，显示出能量和丰沛。现在，回头来看《布拉格小城画像》，我选择其中的一篇为例：《沃雷尔先生的一只浸满烟油的海泡石烟斗》。现在的小说，特别是短篇小说越写越长，其中有个方法的问题。有些千余字的小说，用的是短中篇的方法，一眼能看出，有展开的趋向，却收敛住了，有的短篇小说三四千字，却很内敛，完全是小小说的方法在把握。《沃雷尔先生的一只浸满烟油的海泡石烟斗》就是小小说擅长的表达特点。

一个人和一只烟斗。捷克作家杨·聂鲁达把题目弄得那么长。谁的烟斗？怎样的烟斗？两层定语。浸满了烟油，且是海泡石特别原材料制作的烟斗。我能感到作家对人物的深切的同情和惜怜。悲悯之心可鉴。

杨·聂鲁达是 19 世纪捷克现实主义文学的代表作家，又写小说，又写诗。他善于用诙谐幽默的笔调刻画小人物在日常生活中的境遇。书名中的"画像"暗示出他刻画人物的笔力。1971 年诺贝尔文学奖获得者巴勃罗·聂鲁达因为仰慕杨·聂鲁达的成就，将聂鲁达作为了自己的笔名。杨·聂鲁达这部"画像"直接影响了乔伊斯的《都柏林人》、奈保尔的《米格尔大街》。

《沃雷尔先生的一只浸满烟油的海泡石烟斗》仅四千余字。写了外乡人沃雷尔来奥斯特鲁霍瓦街租了"绿天使"房子开了粮店，但街区的居民都不去他的店里买粮，遭受冷漠之后，他悬梁自缢。

那个街有怎样的规矩和习俗？沃雷尔先生又是怎样面对自己的境遇（或说做出了怎样的反应）？作家聂鲁达用"形象"进行了回答。

沃雷尔先生一开始就注定要碰壁倒闭。因为，这个街区的商业格局二十年来一律原封不动地存在着，"如果要来点什么变化……那这事就干蠢了，简直蠢到不可思议。要知道，所有的店铺都是父传子，子传孙这样世袭下来的"。而且，来此地的人要遵从老规矩，不能搞新花样。"绿天使"这房子八辈子都未开过店铺，沃雷尔先生还没开张就成了"不幸的可怜虫"。而且，陈规旧习的力量可怕，居民都默契地遵守，"谁也不肯进到店里去"。这就是沃雷尔境遇的背景、气氛，他被无形的东西笼罩住了。

这种孤独，使我想到加西亚·马尔克斯的《一件事先张扬的谋杀案》。但是，沃雷尔的处境里，"谋杀"不见血，它以无处不在的冷漠来"谋杀"。而且，他不知道那无形的刀子：规矩和习俗。

连社交场合也拒绝沃雷尔（邮政局局长的银婚盛会）。于是，沃雷尔先生买了这个大烟斗，"那是为了让人家把他当作邻居看待"。这个烟斗出现在全篇的五分之三篇幅起，有那么多的铺垫"呼唤"它出场。这样，似乎情节正式展开，它伴随着沃雷尔开始了短暂的生活。我认为，烟斗也是一个重要角色。

粮店仅来过三批"顾客"。一个是嫁不出去的波尔丁卡小姐，他还给了她优惠，头一个顾主讨个交好运的吉兆。可是她对他冷冷地蔑视。她夸张了店里的烟雾。另一个是乞丐，沃雷尔要他"每逢星期三来领一次钱"（施舍）。第三批是不买粮的犹太人。这就是沃雷尔的全部生意或顾客。

重点关注烟斗的形象吧。起初是"等待无聊时便一个劲地抽烟，弄得满屋烟雾腾腾。随后，外界传闻店里的东西被烟熏透了，粮食有烟味，称他为'烟熏老板'"，这样，"他的命运也就被注定了"。（开张时是习俗注定了他，现在是谣言注定了他。）烟斗成了他唯一的安慰。心情越不好，烟雾就越多。甚至，他抽烟遭到了外界的敌视和反感。他只有坐在柜台后面，"一动也不动"。谣言还在扩大、强化，像烟雾，最后，沃雷尔自缢。在死去的他的口袋里掏出这个烟斗："像这样浸满烟油的海泡石烟斗，我还是头一回看见哩，你们瞧。"与其说写烟斗，不如说写人物。烟斗是忧愁、孤独的载体和外化。烟熏和谣言简直有了象征意味。人物笼罩在烟雾里了。烟斗喷出的烟雾在全篇中有双重喻意了（人物的心情和谣言的泛滥）。

留意作品中的时间："1840 年的 2 月 16 日""2 月 16 日早晨 6 点""到了 7 点钟的时候""到了 8 点钟的时候""到了 9 点钟""中

午""到了晚上""整整一个星期""五个月后""第二天""从早晨九点直到晚上""十点左右"。人物的命运进展的时间，可以看出作家的笔力有重有轻、有详有略。颇有纪实的意味。文后，注明了创作时间：1876年。

这只烟斗，跨越时空，来到了我们面前。我想，这就是经典，在经典这个词已泛滥的今天，我还是要说，杨·聂鲁达的《沃雷尔先生的一只浸满烟油的海泡石烟斗》是经典，短短的经典，经典不以长短论定。起码，它是我一个人视角中的经典。它已成了影响后来作家的传统，或说先驱。

这篇作品中，写波尔丁卡小姐进粮店，有个比喻，"我觉得她的这种步子好像是一部长长的叙事诗，完全是按着相等的行数来分章节的"。其中的"我"，是小孩，整个故事，他是个目击者、见证者。有些事情，他还不懂，但记下了，这符合作家的视角：仅仅呈现事实（形象），而不作评判。事实对这个叙事者（小孩）的影响也表现在他关注的是什么。

奥斯特拨开存在的幻影

一个经典开头：所有人都以为他死了。

由此，我想到加西亚·马尔克斯《百年孤独》的开头，父亲带着孩子去见识那块冰。帕慕克《我的名字叫红》的开头：如今我已是一个死人，成了一具躺在井底的死尸。还有卡夫卡《变形记》主人公一天早晨起来，发现自己变成一只虫的开头。

经典的开头，一句话，就能奠定全书的基调，其中，有悬念、有气息，甚至立即将人物置入一个窘境，预示人物的命运，一下子抓住读者，特别有故事。小说不就是给我们提供一个故事把读者拉进去吗？

《幻影书》的作者，美国作家保罗·奥斯特擅长讲故事，奇妙的故事。而且，将侦探、犯罪、悬疑等类型小说的手法引入，营造出一座迷宫，有别于博尔赫斯的迷宫，却创造出奥斯特式的世界。一个作家的野心就是创造出一个独特的世界，有别于现实实有的世界，与现实并存的世界。奥斯特的诸多小说，就是用他的方式建筑了解一个"幻影"的纽约（大多数作品的场景）。

所有人都以为他死了。那么，唯独"我"知道他还活着。有故事了。这回，奥斯特还是那么沉着自信地讲"幻影"故事。

结尾是个遥远的呼应："抱着那样的希望，我继续活着。"一死、一生，仿佛是人生和命运的两个端点，谁死了？谁活了？死了还活着，活着已死了。这两点之间发生了什么？

整部小说，沿着一条线索展开："我"去追探失踪近六十年的默片时代演员海克特·曼的生死之谜。

题记引用了法国作家夏多布里昂的《墓园回忆录》："人不只有一次生命。人会活很多次，周而复始，那便是人生之所以悲惨的原因。"同时，这也是主人公"我"正在翻译的一本书，他将书名译为《死人回忆录》，活着的人写回忆录，把自己当作死人，有意味，又暗示了小说中的人物命运。由此，我们可以见识《幻影书》里的人物周而复始的生死。

主人公探寻被遗忘的默片喜剧演员海克特·曼的踪迹，起因是他自己需要遗忘，妻儿因飞机失事而不幸遇难，他活着如死，只有借助撰写《海克特·曼的默片世界》和翻译《死人回忆录》来抵挡死的诱惑。而心已死了。故事一步一步进入人物的隐秘内心，一个灵魂已死的人在寻找过程中终于获得了活着的信念，这是一次复活之旅。

关于死，《幻影书》里有各种不同的表达和暗示：遗忘、消失、遮蔽、焚毁等。已经绝迹的默片，是已经死亡的艺术；焚毁拷贝是死亡的方式，变更名字是身份的死亡。奥斯特是在多种意象上展示一个人的死亡，正是由死，写出了活的执着和勇气。赎罪、拯救的行动里，我们看到了真正的生——活得艰难。海克特·曼最后脱离了商业操作，自编自导电影，遗嘱要求焚毁他的作品，可视为他的作品真正的完成。

作家卡夫卡临终遗嘱要求销毁自己的全部作品，电影导演布努艾尔也要求死后烧掉他所有的底片。海克特·曼也如此。我们很难分辨他们的人生和作品，或者说，这两者的融合便是完整的作品——幻影书。一个人在不在，活没活，那本书、那拷贝是证明，可是，焚毁了，那些曾经的存在是活过的幻影。海克特的生活建立在一场幻影之上，包括他那个蓝石农场，取名来自蓝石，但是，所谓的蓝石，猛眼看，以为是石头，可一接触，是一团裹着灰尘的唾液，只不过是蓝色的光线折射出的假象——存在的幻影。《幻影书》里的人物，每个人都在创造一种"幻影"。一个偶然，命运就会奇迹般地突转。奥斯特善于写偶然中必然的"幻影"，活着的境况、存在的密码。

莎士比亚借哈姆雷特之口，提出了命运关键时刻面临的选择："生存还是毁灭，这是个必须回答的问题。"对《幻影书》的人物来说，也面临着这个问题，它需要用行为来回答。怎么去行动，决定了人物的生死的态度，由此，表现出人物性格中深层和本质的特性。小说中，两个人物、两个场景，都面对枪的考验。

"我"去探寻海克特·曼的踪迹，遇到海克特传记的撰写者（此书也被烧毁），对方用枪逼挟"我"乘飞机去，这时，关于枪的故事，或说关于洞的故事，是双方的精神较量，对"我"而言，是死的诱惑，他竟然夺过枪对自己扣动了扳机——尝死亡的滋味。倒是她吓坏了。一把忘了打开保险的枪。其中，关于洞的联想，扩展了情节的内涵。于是，人物的人生变成了不同的人生。我们欣慰地看到人物毕竟还有没死透的东西。一次复生，这是整部书最为精彩的情节，爱在其中诞生。放进冰箱的枪，是死亡的纪念碑，有象征意味。奥斯特扣住细微之处，表达得惊心动魄。

还有，海克特·曼过着隐匿的生活（用另一个名字活着，而且，消除了所有证明身份的证件），偶然遇到银行抢劫案，他迎枪挺身而出，救了改变他人生的姑娘。姑娘认出了他默片演员的身份。他成了英雄，其实，他终于找到了死亡的子弹，欲死却活了，他的真实身份也暴露了出来，他占据了冒名的另一个人的存在空间，却又回归了他原来的空间。周而复始地活着。

奥斯特的本事，能将钥匙、拷贝、书、枪、名字、飞机、石头这一系列物件联结起来，构成人物生存的整体幻影。细微之中体现出宏大。康德说，我们所看到的事物并非只是我们所看到的事物本身。《幻影书》是一本探索生死真相的书，它拨开了存在的"幻影"，揭示出真正的存在境况，选择"生存"还是"毁灭"，怎么才能算真正地活着。

冯内古特的黑色幽默

三年前，有一位文友，他读美国作家库尔特·冯内古特的小说，却读不进去，云里雾里。他问我："什么是黑色幽默？"

大多数作家，都不愿戴文学理论家、制作家的帽子，因为戴了不舒服，不合适。不过，冯内古特本人对黑色幽默多半认同。冯内古特的说法是：面对悲惨和灾难，有一种东西叫作没有笑声的玩笑，弗洛伊德称之为"绞刑架上的幽默"。

东欧有位革命作家，他对卡夫卡的小说颇有成见，认为不真实。可是，他站在绞刑架下那一刻，他忽然理解了卡夫卡的小说，因为，他处在卡夫卡式的境遇中了，他大概想到了卡夫卡的长篇小说《诉讼》吧？

我知道干巴巴的流派定义总是套不住活生生的小说形象。我用故事试着给黑色幽默定义。

第一个情景：一个大海的落水者终于被救起，他攀抓着绳索，船舷一侧，两个人使劲地在拽绳子，还喊："海水里有凶恶的鲨鱼。"可是，悬在船腰上的落水者冒出个孩子气的念头：若我松了绳子，那两个人会怎么样？

第二个情景：一个人坐在繁茂、粗壮的大树上的一根分枝上，那根分枝离地面很高，他正用一把手锯在锯自己骑着的那根分枝连接树干的地方，神情很专注、很得意。

我说这就是黑色幽默，我不知道表达明白了吧？

我这位文友相当执拗，他说："你概括一下，定义一下吧。"

我无奈地摊摊手，说："你何必在乎定义？"

三年后——2013年8月，持续高温（这个地球生病了？），甚至数日高达42℃，就像《可爱的小家伙》里炎热的天气，主人公也热昏了头脑（这为主人公杀妻做了铺垫）。我读了库尔特·冯内古特的短篇小说《看这儿，照相啦！》，书的腰封上写着：黑色幽默文学大师留给这个世界的最后戏谑。

2007年，冯内古特去世——这个有趣的老顽童留给我们这部有趣的最后遗作。我在其中一篇《可爱的小家伙》的主人公身上，看见了冯内古特的影子。

作家要有一种顽童的稚趣和天真。看这儿，处在婚姻悬崖上的主人公对六条小虫的态度，俨然是个顽童。

我迫不及待地给那个文友打电话——分享阅读的喜悦，就如同《可爱的小家伙》的主人公在刀柄里发现六条四分之一寸长的小虫（他称为小家伙），首先想到的是打电话，找个合适的人分享这个乐趣。可惜，他找不到合适的倾诉对象。

我对文友说，卡夫卡所谓表现主义的虫（《变形记》），雷蒙德·卡弗所谓简约主义的虫（《我发现了微小的东西》），冯内古特所谓黑色幽默的虫，虽然都写了虫，却都是独特的文学意味的虫，比较阅读是一件有趣的事儿。小说要有趣。冯内古特就把可爱的小家伙写得别有趣味。我说这就是黑色幽默。冯内古特有一系列科幻色彩的黑色幽默，但这个短篇，是在生活的层面上展开的黑色幽默。当然，还保留着"科幻"元素，那三公三母的六条小虫，简直是闯入现实的"神话"中的"天使"。

主人公洛厄尔，一家商场的地毯销售员，他还没明确自己已陷入爱情的危机，他一厢情愿地试图通过一束玫瑰花来挽救十年的婚姻。《可爱的小家伙》展开的就是十年婚姻纪念日发生的婚姻危机的故事。爱情、婚姻、家庭的小说，已汗牛充栋，要写出新意很难很难。

可是，冯内古特把六条小虫引入了这场婚姻危机。用"轻逸"缓解"沉重"，从而使"沉重"更"沉重"。玩笑的底托，托着主人公的沉重，使小说获得新意。我记得冯内古特说黑色幽默是"含泪的玩笑"。

这六条虫，是乘坐着一把刀进入了洛厄尔的家庭生活。怎么进入？如何对待？能看出冯内古特小说的独特性。

结婚第七个年头的纪念日，特别神奇的是，洛厄尔等车的时候，好像"天使"降临，外星人闯入一样（冯内古特科幻色彩的小说常有的元素），突然，有人扔了把裁纸刀给他。偶然性，作者不作交代，这就是冯内古特的神奇——平常中的异常。找不到小刀的失主，他就带回家了。

冯内古特安置了冯德林留的条子，妻子跟老板应酬，这个暂没出场的女人，使家里空着，虫就发挥作用。一张纸条，一束玫瑰，冯内古特精心地安置了细节，还有一把裁纸刀。花与刀，最后的指向都抵达了男主人公的妻子。

这对有七年婚史的夫妻，经济差距悬殊，由此婚姻的天平倾斜。他站在主流生活的边缘，她置身主流生活的漩涡，赚的钱比他多得多。其实，她傍大款。作者将这些都作为隐隐的背景。

选择"神奇"的这一天，登台表演的是虫。虫确实缓解了主人公的沉重。小说进入了有趣——六条虫从刀柄的小洞里钻出来了。主人公自己处境危机，转而要找个分享小家伙来到人间的喜讯，可是电话簿（包括妻子的常用电话簿）却是大人物、大机构——庞然大物的大和虫子的小，包括主人公的卑微，形成对照。虫子，作为一个崭新的世界呈现在主人公面前。

小与大不对等，无法交流、沟通。洛厄尔的尴尬也如此。他面对虫子的世界和妻子的世界，都被隔离了，难以接近。他像幼稚的小孩那样对待虫子，竟然采取对待人类的方式，拿出来这个家庭"有史以来最丰盛的大杂烩"。对虫，对妻，他都不对路。我们不是常常一厢情愿、自作多情地应对这个世界的突发事件的吗？

　　钟情虫子，以致看见窗外妻子拥吻老板，他还没从对虫子的喜欢中脱离出来，他的反应是让虫子回避，还好言相劝，说自己像"'地球'上的泥土一样普遍"。虫子回归了刀柄。

　　关于这把刀，有两个功能，一是承载虫子的"宇宙飞船"，二是杀妻的凶器。两者天衣无缝地融为一体。有上帝必有魔鬼。

　　契诃夫说过，戏的第一幕挂出了一把刀，那么，那把刀就会发挥作用。不过，冯内古特小说中的这把小刀，跟博尔赫斯小说《遭遇》里的那把远古的刀有异曲同工之妙。契诃夫的刀还是传统文学意义上的刀，而冯内古特和博尔赫斯的两把刀，具有超越性。不是人主宰刀，而是刀主宰了人。博氏在主人公刺死了对手，扔了刀后，写道："物件比人的寿命长，谁知道故事是不是到此结束，谁知道那些物件会不会再次相遇。人与人的遭遇，其实是刀与刀的遭遇。刀跨越了时空存在着。"

　　那把承载着六条虫子的小刀，主人公已认定是来到人间的"宇宙飞船"，由此，小说的空间顿时浩大，这也是小说的宇宙意识吧。

　　妻子明确告知，要嫁给老板。洛厄尔仍表现出难得的爱意——她推，他抱，越抱越紧。他爱她。接着，作者这么叙述：洛厄尔手里的宇宙飞船发出嘤嘤声，渐渐发热，它颤动起来，从他的手里弹了出去，凭它自身的力量，直插他妻子的胸口。

　　飞船和凶器两种功能合二为一，这是一把有灵性的刀。洛厄尔冷静（其实是麻木）地投案自首，说："我要报告一起事故——有人死了。"他似乎超然局外。

主人公将此界定为事故。是刀"凭自己的力量"造成了这个事故。结尾一句，他对警察说："某种程度上，这是我的错，这些小家伙认为我是上帝。"

确实，相对六条小虫，他是上帝，起码，他有上帝的视角。也是这个视角造成了他的尴尬。要跟"小"平等交流，首先要"小"呀，就像跟疯子交流得"疯"。可是，他小又小不了，大又大不成。两个世界都容不了他。

从可爱的小家伙口里，冯内古特巧妙地处理了大与小的关系，同时，也包含了现实和幻觉的关系。一个卑微的人之渺小，在小家伙那儿得到反映，他位于虫和人之间的尴尬境地，两头不靠。六条小虫，是主人公婚姻危机的一个玩笑。冯内古特冷静、从容地叙述了这个黑色幽默——含泪的玩笑。但是，主人公没有一滴泪。没泪比有泪还有力量，这就是文学的力量。由此，我感受到了冯内古特大悲悯的情怀。

（库尔特·冯内古特著《看这儿，照相啦！》，唐建清译，2013年6月重庆大学出版社出版）

伊斯特万小小说的荒诞感

2014 年夏,我盘点"库存",不经意地发现 2006 年前后,我主持过河北省文联《小小说月刊》杂志若干栏目,约莫三年吧。我已将那段"主持人"的经历遗忘了。其中《小小说茶馆》栏目,专门推介外国当代小小说。

我在"茶馆"里介绍过意大利作家卡尔维诺和布扎蒂、苏联作家巴别尔、奥地利作家卡夫卡和伯恩哈德、阿根廷作家博尔赫斯和科塔萨尔、日本作家黑井千次和安部公房、美国作家海明威、罗马尼亚作家格·施瓦茨等等,都是他们的小小说。他们的作品,曾润物细无声那样,滋养了我的小说创作,同时,我也将阅读的敬意和喜悦,通过"茶馆"与读者分享。在整理这篇札记的时候,恰巧,像旧友重逢,我刚读过安部公房的《闯入者》(2014 年 6 月版)、托马斯·伯恩哈德的《历代大师》(2006 年 11 月版,2014 年 8 月又有新版),其中包含两部小小说集。这些年,我如同福克纳小说《熊》里的小男孩,总是主动地去跟森林中的熊遇合那样,时不时地重温我敬佩的作家的作品,近乎《熊》里小男孩和熊之间的关系,已带着神圣仪式的意味了。

小小说的叫法甚多。日本称掌小说(掌上小说),美国称小小说,台湾地区称超短篇。我们国内也称微型小说、短小说、烟袋小说,再短就称闪小说,跟微博的字数差不多。奥地利著名作家托马斯·伯恩哈德的两部短篇集合（其源头可追溯至卡夫卡的小小说）《声音模仿者》和《事件》，有近两百篇，其实可以归为闪小说，时不时能见其中灵光一闪。而匈牙利作家厄尔凯尼·伊斯特万的小小说集为《一分钟小说》。

名称与实体，从时间、规模的角度去界定，于是生发出诸多的"名"，但"实"仍是同一个东西。我倾向采纳小小说这个称谓，因为小小说首先是小说，其次才是小小说，就是比长、中、短篇小说还要"小"的小说。在小说前缀个"小"，是一种强调、一种方法、一种提醒、一种视角，不但要写得小（指篇幅），还要关注小（指细节），由此以小示大。

有人说：长篇小说写人物的命运。难道小小说就不写人物的命运？我以为，小小说具备了小说的基本要素，只不过，长篇小说和小小说对待处理细节的方式有显著的不同而已。厄尔凯尼·伊斯特万的小小说荒诞意味颇浓，他采取了独特的方式，从小处切入写出了人物的"大命运"（一个女人的命运，一个司机的命运）。阿基米德说："给我一个支点，我可以撬动地球。"我说："给我一个细节，我可以支撑起一篇小小说。"

以下分别摘录《小小说月刊》2006年第一期、第二期（均为上半月）的两则，是关于匈牙利著名作家厄尔凯尼·伊斯特万小小说的推荐，现将标题简约，内文保持原状。

一、超前现象

绝大多数小小说里人物、情节的发展，还是遵循常规的因果关系：先有因，后有果。这是我们习惯了的事物发展的顺序。可是，伊斯特万的小小说表现的是可能。它打破了我们认识中的因果逻辑，因此，我们看到了另一种真实。

匈牙利作家厄尔凯尼·伊斯特万的《一分钟小说》里，有一篇《司机》，他买了一份明天的报纸，刊出他在车祸中不幸惨死，于是他按报纸提供的电影预告去看电影，真的车祸发生了，时间、地点、车型竟然完全符合报纸消息的表述。他惨死时口袋里装着明天的报纸。

也就是说，他的死，提前已被确定了。尽管临死前，他说："岂有此理！"但他劫数已到。《司机》里，因果关系颠倒了，即"死"在前边。生和死的时间倒了个儿。这真实吗？

凑巧，我看到《宁波晚报》一则社会新闻：父亲去世五年，仍收到车辆违章通知书。生活够复杂了，其中有多少我们未知和神秘的东西，我们认为的不可能却常常可能冒出来。我认识一位全国性的行业报的通讯员，他数年蝉联先进通讯员的荣誉。一个小城市一个行业的"新闻"，频繁刊在全国性的行业报上。我跟他私下交流，他告诉我他的做法：一年的新闻稿，头一个月基本成稿，他将这些稿装在百余封信封里，注明几月几日投寄。报道的内容几乎和他寄出的新闻同步发生，当然是虚构。我说你真幽默，那是批量生产"新闻"。后来，我写了小小说《超前》。

因果关系，对作家来说，是一种思维观念。计划经济年代，我在计委供职，一把镰刀、一口铁锅，都要列入年度计划本本里，一切都按预定的"果"去实施现实的"因"。市场经济已打破了这种因果关系。可我们的思维里，是不是还认为现实可以预定呢？小小说意义上的"谎言的真实"，是建立在现实基础之上的。有人对我说："荒诞的、虚幻的小小说不需要生活。"我说："拨开表象的生活，去挖掘深层的东西，那东西的形态可能很'陌生'。"《司机》的人物看到了公布出来的明天之死，活着的他今天再去实现死。这种命运（或说死法）我们不是很"陌生"吗？

这种陌生化是小小说呈现"真实"的方式。我写了一篇小小说《留言条》，父亲临死前预定了许多留言条来"控制"儿子，最后，连他自己的骨灰也"控制"不住了。按照生活的逻辑它不真实，不可能；不过，在小小说里，它真实、可能了。小小说要在形式和内容上通过"不可能"抵达可能。

我把小小说表现这种因果倒置的故事，称为超前现象。经验生活里充满了这种现象，我们的视角（阅读、创作）可能容易停留在习惯的定式内，可是，小小说要在寻常里表现异常，它创造和逼近的是另一种真实。

类似《司机》中的死法，意大利作家迪诺·布扎蒂的《错死了的画家》也是报纸刊出了一个活着的画家的布告，先叫他"死"了，接着，将发生什么？算了，那就成全了布告吧。因为，不死就为难了活着的人。阿根廷作家博尔赫斯的《往后靠的巫师》则是将"未来"展示在当前，使"许诺"尴尬。他的《秘密奇迹》索性让时间停止，实现一种不可能的心愿。

《司机》的题目，是不是可改为《明天的报纸》？但是，作家声称："最要紧的是，看清标题！"他不会给文章乱安标题，请读者自去体会吧。我起一个题目，也算参与了创作。

二、套用形式

假设，一部长篇小说，或者一部中篇小说套用"寻人启事"这种文体来写，可行吗？短篇小说同样不可能。因为启事这种应用文体决定了字数的限制，唯有小小说能套用。

这样，小小说和长篇、中篇、短篇小说的特点就明确地区别开来了。小小说在表现题材方面，有着特殊的提取方法。《寻人启事》，是从寻妻切入，扣住"遗失"之妻的特征来写，主要是外貌。可以传达出这对夫妻的关系如何。

长篇、中篇、短篇进入题材的方式肯定不是这样，它们得把夫妻关系展开来，"遗失"和寻找。它们将小小说省略的冰山的底部托出来，而小小说仅写冰山一角——露出水面的那个尖角。《寻人启事》全文如下：

我妻子费赫尔·卡尔曼尼（婚前原名弗留格·玛尔塔），今年四十一岁，布达佩斯户口，于本月七日下午五时半外出看电影，迄今未回。我妻身材较高，也可说偏矮。微胖，也许是瘦弱。眼珠为蓝色，或微呈绿色，头发颜色无法准确说明。身穿藏青色或古铜色，但也许是深灰色大衣。大衣为毛皮翻领（也许为丝绒翻领、火光领），特征：女性。

如有仁人君子发现，祈即通知。

费赫尔·卡尔曼　启

仅有一百七十八个字（含标点符号），写一对夫妻关系，陌生而又微妙的关系，我们注意作家怎么来写？写了妻子的身材、眼睛、头发、衣服。这是传统小说的所谓外貌描写。不过，写得很幽默。注意其中"也可说""也许是""或""也可能""无法准确说明""但也许是"这一类躲躲闪闪、含含糊糊的词语，带着吃不准、难确定的口吻。我们吃得准他的妻子到底是个什么模样呢？唯一明确的特征：女性。我们所知的和"丈夫"一样。谁能寻找并发现没有个性"特征"的他的妻子呢？

由此，我想到一个词：陌生，继而是冷漠，注意其妻41岁了，竟记不清妻子的面貌，可见双方的隔膜有多深了，妻子的出走就是必然了。关于陌生的主题，我想到一个外国的荒诞剧，一男一女相见相识，交谈中，互相发现，原来都是生活在一座城市里，一个街道，一幢楼里，一个门牌，一间房间，最后，原来是夫妻关系。荒诞中见真实，是小说的真实。两个作品，一篇小小说，一部戏剧，有着异曲同工之妙，表现出人与人之间的荒诞感。

小小说，某种意义上说，是写关系，人与人，人与自我，人与社会，人与自然，人与宇宙，不同的关系，形成不同的小说类型。但是，小小说把握关系显然与小说家族中其他成员不同。它不得不省略，抓住一点，不及其余。

《寻人启事》的形式和内容达成了和谐统一。此作奇特的表达方式是：套用了应用文体的一种，是常见的一种。小小说还可以借用很多形式，为"我"所用。例如：征婚启事、新闻报道、会议通知等等，可套用的领域很宽广。小小说可以在这种呆板的文体中注入小小说的灵活性和多样性。这个意义上说，小小说又是杂交的艺术。杂交能生出优良品种。

关于记忆：进去了，怎么出来

长篇小说《塔克拉玛干少年》出版了，我把碎片式的所谓创作想法摆出来，仿佛一个人审视另一个人的创作。我又陌生了一次。如果我在写作时，有这么多明晰的想法，小说的主人公——那个少年，一定承受不了。写作时，作家的姿态，应当是摘掉观念的帽子，脱掉理论的外套，褪下道德的短裤，甩掉思想的鞋子。然后，赤身进入小说之门，像进澡堂那样，只做一件事，就是呈现活生生的人物，还不能轻易去干涉干扰（有一种常见的干涉方式，就是刻意把情节戏剧化），人物自会行动，那样人物的行动常常会使作家吃惊。

儿时我生活在"巴掌大"的绿洲，却好奇无垠的沙漠。农场的大人很明智，他们知道，讲大道理不起作用，总不能把小孩拴在大人的裤腰带上吧？拴不住灵魂，他们就讲故事，用魔化沙漠的故事阻止小孩进入沙漠，魔化的故事能吓住小孩，让故事来管住小孩。其实，小说是不讲道理的文体（道理容易过时），我事后谈创作，也是在讲道理，不过是事后的诸葛亮。

一、意象

这部小说有两个基调性的意象。

塔克拉玛干，译为进去了出不来。它是"少年"所处的环境，可是，"少年"还是进去了，跟随火狐"出来"。少年进沙漠寻找，是大人的一个谎言，他轻信了。寻找一个不存在的东西。一个荒诞。

雪孩，是父亲唯一讲给小男孩听的故事。父亲总是选择沉默。雪孩向着太阳升起的地方奔跑，他向往太阳，但又回避太阳，在太阳升起前他得返回，不然，就被太阳烤化了。一个悖论。

沙漠和雪孩，一个环境，一个灵魂，隐喻式地融合在寻找的故事里，表现少年的处境（他的躲避、寻找）。

少年故事很沉重，但是，我用诗性的意象群去平衡，减缓密集的沉重。我与责编商量，责编王水把雪孩放在前边了。开端是轻，然后，进入重。先用轻压住重。小说的基调由轻至重，再有重至轻。高潮是那个火狐，少年本能地选择了火狐。

轻与重的调节，其实涉及幻觉与现实的关系，也跟善与恶有关。那是一个狂热而荒诞的年代，人们似乎都处在幻觉之中，像一个噩梦。对少年来说，那种沉重，太为难他了。他只能用小孩的方式去招架，小孩总是倾向轻逸，或善或恶由此出现。

我很在乎小说中轻逸的形象。某种意义上，这是西部开拓精神的体现吧。例如，少年梦绿了沙漠——梦里改变塔克拉玛干沙漠。我认为改变了，因为用他的方式，把一个绿色的梦放进了沙漠。

改变一个事物有多种方式，就像赴京，有的坐火车，有的乘飞机，有的搭汽车，有一次，我说："谁都没有我快。"我采取的是少年梦绿沙漠的方式，我一念头就抵达了。那次聚会我没去，可是，我说："我已到场了。"

二、碎片

我采用纳博科夫写长篇小说的方法，即卡片的方式来写《塔克拉玛干少年》。

纳博科夫把一章或一段写在他特制的卡片上，他不是按线型的戏剧性冲突顺时写，他跳着写，慢慢地积了一批卡片，积攒得差不多了，然后，他从某个角度去整理，相当于洗扑克牌，每一张（章、段），纷纷各就各位，他再在章、段之间用句子去衔接、缝合、照应。

其实，长篇小说也可以这么写。我仔细琢磨过卡尔维诺晚期的几部长篇小说，都是扑克牌式的方式——系列并置的碎片，而且剥离时间，由此超越，有了寓言的意味。甚至，从哪一章开始阅读都可以。他的每一部小说总有一个东西在笼罩，总有一个人物在贯穿。

2014年获诺奖的法国作家帕特里克·莫迪亚诺的小说，简直就是碎片的集合，"每一个碎片带来的依然是碎片和片段，从而形成一个万花筒般的拼贴世界"。2012年8月我记住了他的小说《地平线》的开头："一段时间以来，博斯曼斯想到自己青年时代的某些片断，这些片断并不连贯，全都突然中止……"只不过，有一个寻找的线索穿起了碎片，最终，碎片还是谜，他颠覆了读者的期待。

碎片、片断，跟记忆的特征密切相关。我回忆童年时代也如沙漠夜空中的星星那样呈现。我知道，当代小说还有强劲的一路（已形成了一个谱系）：怎么呈现、处理记忆的碎片？表面看，这是个小说方法问题，其实，更是作家世界观的体现。看世界的视角各异，

向经典深度致敬

就出现形态各异的小说。

每一章都是相对独立的一章，但又融入整体。像一棵大树，生长到一定的时候，枝杈舒展，有一种向往天空的意象，但又深深地根植大地。我心里清楚每一章所处的位置——少年该干什么了，又怎么干了。外部和内在互相作用，迫使少年做出选择。我不想注重外在的情节的戏剧性，而是像雪孩向往太阳那样，追寻或躲避。渐渐地它们会自行组合。等写出了一堆，我像洗扑克牌一样顺洗一遍，然后，稍微衔接、照应。狠一狠心，去掉几张牌。责编王水又洗了一遍。个别章节前后调整，还砍掉了若干章节。王水从另一视角进行微调，我想到，如果是一部戏剧性很强的小说，要是这么动了，肯定会伤筋动骨。

对于记忆的碎片，从《地平线》开头，接着莫迪亚诺写道："他会不断对它们提出问题，但永远不会得到解答。对他来说，这些片断将永远是个谜。"

我想起我的童年——那位少年，望着沙漠远处的地平线，那是太阳升起的地方，少年怎么会以为太阳因它而升起？

巴黎的地平线和沙漠的地平线截然不同。我写完《塔克拉玛干少年》，遇到了莫迪亚诺的《地平线》，时间为2012年夏。现在记下来，脑子里只剩下地平线。

三、寻找

突然，陌生了？

读者读到后记那个以第三人称出现的谢志强，他是这个故事的回忆者。在回忆的过程中，自己反倒陌生了。这是我写关于寻找的故事的真实感受。

第一人称的"我"——少年的寻找故事，原来，还有一条线索，即成年的谢志强对童年的谢志强的寻找，寻找过程中，熟悉了自己的童年，但是，渐渐地自己陌生起来。许多人不是丢失了自己的童年吗？双重寻找。

这条寻找童年的线索，以介入童年的方式呈现。责编王水把这条线索抽掉了。我觉得我是不是把故事弄复杂了？这样简化也行，起码单纯了，单纯得像少年，何必介入——插一杠子。于是，后两章作为后记处理了。

我是1982年调回浙江。二十多年后，我启动了塔克拉玛干沙漠那一段生活。它无数次出现在我的梦里。我乘着梦，以各种身份各种姿态，一次又一次地重返绿洲进入沙漠，甚至，有一个梦，还邂逅了童年的我。梦里，我不知少年是我，还以为他贪玩，迷失了。交流的过程中，我发现，少年是另一个我，他留在绿洲，永远的少年，而我，迁到江南，把自己忙老了。一忙，就顾不着童年了。之间隔着漫长的岁月。

2007年，我开始写这部长篇，彻底推翻了两稿，差不多有六十余万字。好像我把童年丢失了，寻找时，我接近不了童年的我（一种可怕的遗忘）。第三稿，重起炉灶，写着写着，我把童年给找回来了。但是，写着写着，却把自己给写陌生了。所以，童年以第一人称出面了。仿佛少年跟着火狐走出沙漠，我跟着少年走，只是跟着，我却陌生起来。保留的后记反映出这种陌生。回忆的对象熟悉了，回忆者却陌生了自己。2012年夏定第三稿。随后，数次增删、润色。

突然，陌生了。

165

四、视角

给责编王水的一封信：

题记，以此稿为准吧。

因为我加了一个撅屁股的细节，像两个人的接头暗号。这部小说是少年的视角，再确切地说，是少年撅屁股的视角，这个视角里所见的是颠倒的现象。

修改后的题记如下：

我想告诉你的是，曾经……我乘着梦，一次又一次地重返绿洲进入沙漠。梦里，我当然不明到底要寻找什么。有一个梦，我竟然邂逅了少年的我。他一丝不挂。

梦里，我不知少年就是曾经的我。这是谁家的孩子？我还以为他贪玩，迷失了。他在玩沙子。沙粒在他手指间如水一般往下流。我跟少年套近乎。

突然，他转过身，弯下腰，把光屁股撅向我，然后，脸在胯下，我看——那个我熟悉的视角里，我被颠倒了。顿时，我意识到，这就是曾经的我。他一直在等待我吧？

这么多年，我把自己忙老了，把少年弄丢了。我都忙了些什么？

每个人的心里应当住着一个少年。丢失其实是严重的遗忘。

曾经的少年，永远的少年——塔克拉玛干的少年。我什么时候把少年弄丢了？少年是我成长的一部分，是我的历史源头，但也绝不仅仅是一个人的历史。

梦里，我说跟我走吧。可是，我却不由自主地跟少年走。倒像我迷失了路。于是，我写了这部书。追溯我的历史，腾出地方，让少年住进来——不再遗忘。

题记里，有隐喻。例如：少年"一丝不挂"，他意味着不可遮蔽的历史。还有沙子，视它为时间的隐喻。我喜欢轻逸的形象，我只不过用"轻"表现"重"。

碎片式表达：死亡笼罩中的诗意

朋友问我："你写小小说，读的最多的是什么小说。"我说："长篇小说。"小小说和长篇小说，是小说的两样极端的形态，最短的和最长的小说。其实我写小小说，从没把它当小小说写，而是当小说写。因为，小小说首先是小说。况且，拥有了"大"，就容易把握"小"了。

长篇小说像一座大厦，里边常有小房间——小小说。几十年的阅读经历，我感到，长篇小说有两条路子，就故事情节的角度来看，可以大致分为：戏剧性形态和碎片式形态。

戏剧性形态的小说，特别是高度集中的戏剧性冲突的设计占小说历史的主流和主导。突出的例子，有当代著名作家麦克尤恩、约翰·欧文等的长篇小说。米兰·昆德拉早中期的小说也属此类。这也是作家概括现实的一种方式。

碎片式形态的小说，也有强劲的源头，期间有过潜流或断流，但到当代正得到发扬，就如同不受束缚的塔里木河，在沙漠里流淌，时而显，时而隐，出其不意地改变河道，在另一处突然冒出。卡尔诺维的后期小说明显偏爱"碎片"（扑克牌式的结构方式），米兰·昆德拉最新的长篇小说《庆祝无意义》也是他向自己推崇的"先驱"致敬之作。我想这两位作家到了晚年，为什么不约而同地钟情这种表达方式？其中，最关键的是他们看待世界的视角发生了变化。前南斯拉夫作家丹尼洛·契斯的《栗树街的回忆》也在这种形态之中，他的小说叙事，标志性的特点是片段的拼贴。

长篇小说得有一种形式感、结构感。这方面，小小说就不敢"摆架子"，因为，小小说像飞机刚起飞，就要降落，而长篇小说是一次漫长的"旅行"，它可以在空中飞出一个形态，它可以摆出有气势的架子。但是，形式也是内容，表现出的是作家对现实深层的看法。

长篇小说有着特别的热情，就如同大规模的建设：圈地、筑楼。作家的"野心"，想通过这种建设，创造一个景观，赋予一种存在形态，还展示一类生灵的命运。丹尼洛·契斯的小长篇《栗树街的回忆》就是采取碎片的形态重建了他的"童年"。我邂逅此书，恰巧是我的长篇小说《塔克拉玛干少年》已付梓。其中，也以一个小男孩贯穿全书。

我离开塔克拉玛干沙漠已有三十多年，启动近半个世纪前的童年经历，潜意识里，我存在着与记忆的特点相吻合的叙事方式——碎片式。我生活过的同一块沙漠边缘的绿洲，也有一个作家"出来"写了一部高度戏剧化的小说。同一片绿洲能够生长出两种形态的小说。但是，我读他的小说时，感到了虚假：故事不可能那样发生。不过，我在《塔克拉玛干少年》里，已略为做出了"妥协"。

脱稿后，我清楚，这不是"讨巧"的写法。就像小男孩寻找父亲、母亲，我审视它的谱系：是否曾经有作家这么写过？我这么写有什么新意？

我又是创作者又是评论者，如同回忆"童年"的谢志强，回忆的过程中，童年的谢志强熟悉起来，而回忆者却陌生了，我总是用两种不同的角色冷静地看待自己的作品。

关于小男孩的故事，有一群"谱系"，奈波尔《米格尔街》、

向经典深度致敬

雅歌塔·克里斯多夫的《恶童三部曲》、库切的《男孩》，还有马克·吐温和海明威小说里的小男孩。相关的还有小女孩的小说，《芒果街的小屋》等。一条街、一个村、一条河里的小孩。那么多的童年故事，再邂逅丹尼洛·契斯《栗树街的回忆》里的小男孩，我特别亲切。因为，和《恶童》类似，均采取了碎片的叙述方式。

作家的起点或源头，其实在童年。我记得童年时代，我们一帮小伙伴，常去渠里洗澡，做一个动作，就是弯腰、低头，通过胯裆看世界，我在《塔克拉玛干少年》中自然而然采取了这种视觉。现在，偶尔趁没别人，我还自得其乐地用这种姿势温习一下"童年"。于是，记忆就像沙漠夜空中的繁星闪烁呈现。

丹尼洛·契斯的《栗树街的回忆》，完全呈现出碎片。我在阅读时，仿佛走进沙漠，夜里，遥望着满天繁星，凝视凝视，好像星星沿着日光的轨道迅速地运行下来。整部小说，简直就是辽阔的夜空，群星璀璨。

《栗树街的回忆》，贯穿始终的主人公——安德烈亚斯·山姆，是一个给雇主放羊的小男孩。采取了小男孩视角呈现其命运的同时，我感到，还有一个更超脱的视角——作家的视角，也是回忆童年的视角，小男孩成了"他者"构成了叙事的客观和陌生。

丹尼洛·契斯1935年出生于塞尔维亚的小城，1942年诺维萨德大屠杀之后，他逃回了匈牙利他父亲的故乡，十三岁前都居住在那里，《栗树街的回忆》没有明显地表现那段"黑暗"的时代背景，但是，我能够感觉到时代阴影的笼罩。他的这部长篇小说，段和章，章和章之间没有刻意连贯，也没有线型的戏剧冲突，仅仅是呈现一纸碎片，习惯了阅读集中展开戏剧性冲突的小说读者，可能面临着阅读的挑战：怎么拼凑一堆碎片？

《栗树街的回忆》问世后十五年——1983年7月，丹尼洛·契斯补写了《风弦琴》作为小说的结尾。值得注意的是，他曾在音乐学校学过小提琴，最佳的时候，做到第二小提琴手，他把音乐的元素融进了小说，或说，他这部小说有乐曲的旋律。他称这部小说为"叙事曲集"。"风弦琴"则是"一种抒情的尾声"。

如果没有这个结尾，这部小说也有现成的结尾。只不过，十五年后加上的"尾声"，他说：在主题上与这组故事呼应。这部小长篇，由二十个短小的篇章构成，而且各章的风格不同。有的是书信，有的是独白；有的用第三人称，有的用第一人称；有的篇幅长（短篇小说），有的篇幅短（小小说，甚至接近了微博的字数）。各篇相对独立，甚至从哪一章读起均可，并且，形成了人称、文体、视角的变奏。主旋律则是小男孩的声音。各篇之间缺乏连贯的逻辑关系——只是呈现，却不展开。似乎各个"碎片"处于平等的一个层面。他这种碎片式的叙事，颠覆了一般读者对天衣无缝展开的戏剧性形态小说的阅读习惯。段与段、章与章之间留出空隙，仿佛时间停滞，与那些密不透风的小说形成了鲜明的反差。契斯通过狗的视角发言："我的人生不是一部小说，而比较像一本短篇故事集……这个男孩出现在每个故事中，就像我出现在他的每一个故事里一样。"那个叫丁哥的狗，我想到堂吉诃德的瘦马。孤单的小男孩会有一个小伙伴——狗。注意，当狗说自己的"人生"时，应为"狗生"，而小男孩过着狗一般的生活，人生其实是"狗生"。战争年代，只有狗能幸免于难。之前，已留了伏笔：一只会说话的狗。

《栗树街的回忆》简直就是一部短篇小说集，其中相当一部分是小小说。小男孩被笼罩在历史的阴影之中。小被大笼罩。这样，给"童年"赋予了一种小说形态，也是一种记忆形态。

提取三个"碎片"来欣赏。《日光照耀的城堡》这一章，可视为短篇小说。这部小长篇的大厦里，一间小屋能自足自在。

小男孩把村里最好看的一头牛丢了，他担心雇主的惩罚，就开始了寻找——本能地选择了逃跑。寻找决定了情节展开的方向：当然是那头牛。但是，这个寻找的故事却转入唯有小男孩能够出现的想象，他的寻找进入了想象的城堡（越过了现实的界线）。童话元素的植入，使得小男孩"迷失"在想象的城堡里。一种逃避，到达了诗意的境界。以致现实中别人帮他寻找回了那头牛，他的反应是：突然觉得牛被找到是件令人遗憾的事。而且，他"可能会整整三年时间，活在想象的城堡中"。

这部小说，多章都有寻找的故事，寻找和童年有关。作者不也通过写作寻找"童年"吗？在此，寻找显示出了新意。小男孩忘却了找不到牛的严峻现实，却着迷了虚幻的城堡。这样的方式寻找，缓解了沉重。丹尼洛·契斯小说的空间总能在黑夜中呈现出闪烁的星星。而且，许多章节（或说篇）显示出男孩的内心被恐惧与战争的阴影笼罩——小男孩选择了灵魂出窍，植入了神话、传说等飞扬的元素。契斯在童年就对各种匈牙利神话传说好奇，他不幸的经历使他钟情残酷的现实题材从而逸出诗性。这是以文学方式的拯救，也是小男孩的自我拯救。

小说表现的对象固然是"黑暗"，不过纯粹就黑暗而黑暗还不够。伟大作家的小说，能让读者感到黑暗背后的光明、丑恶潜隐的良善、冷酷深处的温暖。光明、良善、温暖在支撑着小说世界。所谓的经典，运用不同方式融合了现实阴阳面。丹尼洛·契斯的小说具备了这样的经典胸怀，仿佛在黑屋里点亮半支蜡烛。我想到在茫茫沙漠的黑夜里迷失了，看见一点光———一堆篝火，那是进沙漠掘红柳根、枯胡杨的老乡。我向他走去，看见篝火爆出了火星，还有红柳燃烧时的刺刺啦啦的响声。光明、温暖。我终于获救。读《栗树街的回忆》，我能有如是感受。

《给安娜的小夜曲》这一章，是一篇小小说。第一人称的叙事。开头，"我听见窗下传来一些声响"，本能的反应是恐怖，而且，猜想那是"他们"来杀"我"的父亲。作者用这种"反应"暗示人物所处的二战"反犹"的现实。

　　作者在简短的自传里，对犹太人父亲的命运，他用了一句话："1944年，我的父亲和我们所有的亲人都被带到奥斯维辛，几乎无人返回。"对那段家族史的许多细节，作者是永远晦暗不清了。他只能用小说的方式去复活去重建。

　　我记得有位评论家发出质问：奥斯维辛后，诗还有意义吗？但是，丹尼洛·契斯仍在写诗——散文中的诗。诗人布罗茨基评价契斯的作品"重新定义了悲剧"。

　　那简洁的开头的恐惧，紧接着是相反的声音——小提琴声。恐怖之中的诗意，一个并非什么大师的拉小提琴的男子在夜下，采取这种方式向小男孩的姐姐示爱。夜晚的爱情。姐姐安娜的反应是：终于找到火柴。母亲解释了女儿安娜的举动："记住，安娜，有人对你唱小夜曲的时候，你一定要点亮一根火柴，表示你听见了。"

　　接着，作者加强了严酷现实中的爱情，隔天早上，窗外的苹果树上挂了两三朵火红的玫瑰。那是爱慕安娜的人偷偷摘的"我"的老师的玫瑰。

　　作为叙事者的小男孩，在结尾用了一种不确定的口吻说："告诉我，安娜，这一切都是我胡乱编造的吗？"

　　如同作者对童年的记忆已模糊，他在这部小说里，时常运用吃不准的口气介入，这种不确定、吃不准符合叙述态度。雷蒙德·卡佛的小说也有同样的叙述态度。作家不再是上帝般全知全能的角色了——自觉地降低姿态。契斯在小说里留下许多谜团和空隙，表示着现实的不确定、不可解。

　　求爱的男子没出场，却能感到他的执着，小提琴、玫瑰花已显示了他的存在。

　　《捉虱子》是稍长的小小说。虱子是贫穷的产物。小男孩接受惩罚，去老师家清扫鸡舍，身上带回了虱子。作者仍用玫瑰去消解沉重，然后，怎么清除虱子？小男孩把头沉入水槽，鸡虱浮到水面。他很饿，但累得吃不下饭。现实里没有橘子，但他闭上眼：橘子看起来就像那朵玫瑰。睁眼，别人给他一个苹果。

小男孩在小说里，总是出现幻想与现实相悖的情况，幻想中的诗性的意象层出不穷。接着的情节，母亲、姐姐都帮他捉虱子。美与丑并置。作家擅长在丑恶、残酷中呈现飞翔的诗意。结尾：小男孩沉湎在遥远某处的玫瑰园，姐姐安娜却面对现实的虱子：看你往哪里跑，恶心的东西，以为我找不到你！

就这么，表达出了爱。契斯的小说回应了重大的问题：奥斯维辛后，诗还有意义吗？换句话，还能用什么方式表达那段不堪回首的历史？

小说是只提问题而不给答案的体裁。换句话，就是只呈现形象而不讲道理。作家的重要，其中，一个标准就是看其提出问题的能量——高级的独特的问题。现在许多作家的小说，提出的是不是问题的问题，或者，不再能提出问题，而仅仅是讲个情节曲折的故事。鲁迅的伟大在于他能提出惊动灵魂的问题，不过，鲁迅先生的小说有一个执着的情结：试图给出一个答案。或者说，他总是在小说里寻找答案，而基本上没有答案，但他的寻找答案的执着往往改变着小说的走向，步步追问，仅是"呐喊"。我念书时，老师分析闰土形象的时候，津津乐道结尾那个关于寻找出路的议论。鲁迅确实想给他的小说里的人物找一个"出路"。现在，我感到那是鲁迅先生忍不住讲道理了。鲁迅的小说，包括小小说《一件小事》，也流露出答案情结，关于"小"的一番议论，称之为鲁迅的自我解剖——反省意识。这是鲁迅式的道理。由此，我联想到米兰·昆德拉喜欢在小说中"讲道理"——哲学式地议论，甚至篇幅很大，我阅读时，一般绕过去。形象总是永恒，而道理容易过时。鲁迅时代的小说，是需要道理。而现在，我读昆德拉的小说，我揣摩他在写作时，他可能认为他比读者高明吧？尽管他小说里的"形象"和道理相互配套相互映衬，但我还是跳过、绕过他那高明的道理，去追随形象。

奥斯维辛，象征着记忆的废墟。契斯用碎片式的表达、死亡笼罩的诗意，回忆童年，重建历史。1989 年 10 月，契斯在法国因病去世。苏珊·桑塔格感叹："他的辞世中断了 20 世纪下半叶全世界作家中最重要的文学旅程。"我以此文表达对丹尼洛·契斯的悼念和敬意。

向经典深度致敬

孙方友笔记小说构建的文学"天地"

2013 年 7 月 26 日 12 点 20 分，孙方友因突发心脏病抢救无效，在郑州去世。当时，我责编的《陈州笔记》一组小小说已在二校。我惊愕。第一个念头是：要不要恢复打头的那一篇的"翻三番"？之前的一个月，我删掉了两番。我在电话里陈述了我删除的理由，我知道这让他心疼。我说那是"空翻"。他接受了。就像孙悟空翻筋斗，那是活力的表现。我却不让他翻。

版面已不允许恢复。我写了一段话，以表悼念。主编荣荣摘入了卷首语。电话里，孙方友讲过一句话：没人敢不叫我翻。但他尊重了我的建议。后来，我一直内疚。隐隐感到是小说与生命的连体感应？

2015 年 1 月，我集中阅读了孙方友的《陈州笔记》《小镇人物》各四卷，像进行了一次漫长的寻根之旅。这是两个并列的系列笔记小说。地域上说，是大含小，行政区域上，小镇属陈州管辖。但在小说上，两者没有明显的逻辑关系，当然指的是人物的命运的演变。

我和孙方友在汤泉池笔会结识，已有二十多年。我有个习惯，不喜欢刨根问底，可能源自"文革"血统论对祖宗三代的追究吧？我仅知道孙方友也去过新疆，那时称"盲流"。新疆是我第二故乡。我长期误读了孙方友这两个系列，也许跟我缺乏地理概念有关，因为，我把"陈州"和"小镇"视为同一个文学发生的场地。只不过，小镇是陈州衰败的结果。现在，我明确了，1889 年，孙方友的祖父经历了一场大火，一场瘟疫，祖业衰败，举家东迁，由河南淮阳县城迁至40里外的新站镇，也就是小说里的颍河镇。淮阳县为小说里的陈州。县城、古镇都在一个水系里。值得注意的是，孙方友的小说总是滋润着水汽，那水，跟男人女人有关。单就这水，就可以展开一项文学的考察。

现实里，孙方友1949年出生在淮阳县新站镇——陈州和小镇，在他的小说"天地"里隔离着，但是，与时间有关，《陈州笔记》是追溯1949年至1912年的故事，三个朝代的更替，这是碎片建构的"百年孤独"。每一篇笔记小说，都是一个碎片。我曾对孙方友说过：那可以组成一个长篇小说。

我琢磨的是：孙方友采取系列笔记小说，如何构建起他的文学"天地"？作家都有一个野心，力图建立一个文学的天地（或世界），形成与现实平等的地位，甚至，超越现实。福克纳、马尔克斯、曹雪芹、莫言、门罗都建立了一个文学的"天地"，从而显示出文学的自足和力量。

陈州、小镇，有市无城，从当今的角度衡量，还算不上是纯粹的城市，却是城市化进程的重要部位，其中人与物的循环、流转跟农耕社会契合。中国的哲学重要元素是天和地。农耕社会依靠的是天和地。孙方友的笔记小说跟这密切相关。我觉得，当今城市的居民，骨子里还是农耕思维，所谓城市化，不仅是物质形态，重要的是化灵魂。孙方友像是穿越历史的导游，也似传统的说书人，他给我们说了怎么"化"过来的故事：从哪里来？是谁？到哪里去？

孙方友像他小说里的手艺人。他津津乐道那些失传的手艺。我琢磨他弄出那个"天地"——陈州、小镇里的"手艺"：用什么原料？用什么工艺？用什么秘方？

原料，文学上是指资源、素材。蒋介石败退据守台湾，痛定思痛，念念不忘大陆，按常理，他应当怀念隔海的故乡——宁波奉化，他写了一幅字：遥望中原。可见中原在他心目中的分量和地位。这是一种帝王情结。而孙方友持有故乡情结，因为，故乡是他文学发生的源头。中原有得天独厚的历史文化。这是孙方友文学想象的起点、故事生成的沃土。《陈州笔记》系列，可以看出他对典籍、史志以及民间传统等史料的大量利用。即卡尔维诺所说：利用"库存资源"。《小镇人物》则是对童年记忆的开发和想象的成果。这两个系列背后，都隐匿着孙方友的好奇。对追根溯源之好奇，作家要有好奇之心。《陈州笔记》，时间上超离了孙方友的视野，《小镇人物》他自然地放进了自己，因为，在他的视野范围内。我偏爱《小镇人物》，同样写奇人异事，同样的叙事策略，《陈州笔记》留下了史料挪动、转化的痕迹，有个城府颇深的讲述者。而《小镇人物》把别人的故事讲成我的故事——童年的视角，滋润而又天真。

工艺，文学上是指形式、技巧。抽象、简练了孙方友笔记小说的元素，我归纳为一个公式：笔记＋传奇＋欧·亨利＝孙方友笔记小说。我认为，一个作家成熟的重要标志是有独特的小说方法，而这个小说方法得有来路，就是能进入一个谱系里，然后，又能"出来"——在谱系里各取所长，融合为自己的东西，就像进了塔克拉玛干沙漠探宝，进去能出来，还带出"古物"。《世说新语》《阅微草堂笔记》《太平广记》等古典笔记，《搜神记》《聊斋志异》（我将此也视为传奇，孙方友的小说，魔幻元素稀少，他不用轻逸地飞（平原那片土地引力很大），唐传奇、宋元明清话本等传奇，欧·亨利、星新一小说的意外结局。除此，还有《史记》等叙事元素，孙方友后期的小说，节奏放缓了，多有"列传"风格。这一系列元素杂糅在孙方友的"中外合璧"的笔记小说里。尤其是他刻意的"翻三番"，把欧·亨利、星新一小说对情节和悬念的设置推向了极致，与中国古典和汪曾祺的笔记小说那种从容自如的铺叙融合在一起，形成了孙氏新笔记小说的印记——孙方友式的笔记小说。把慢（铺）与快（翻）的叙事策略有机地合为一体。

有了原料和工艺，要整合为一个"天地"，重要的是用什么秘方。秘方可意会不可言传，我认为，其中包含着情怀、境界、发现和灵魂。小说发现的是唯有小说能够发现的东西。正是这种小说独特的发现，才能显示作家的能量和力量。

孙方友两个系列的"天地"（特定的地域），生活在那个"天地"的芸芸众生——环境和人物，有着独特的气息、气氛、气场，我在其中看出的是规矩、常识、秩序中的能量和精神。就像传统的阳光照进了当下。我视此为孙方友构建陈州、小镇的秘方。

小说的存在价值是它的颠覆精神。是村上春树，说到鸡蛋和高墙，他选择站在鸡蛋的这一边，明知鸡蛋的结局。这就是大作家的姿态和站位。颠覆有多种姿态。其中一种，是现实缺失什么，小说就弘扬什么。小说弘扬的不是世俗现实流行的丰沛的追逐的东西，而是缺失的东西，现实缺乏什么，小说就补什么。我套用《红楼梦》里的"补天"的概念。普鲁斯特的《追忆逝水年华》，追忆的是失却的东西，他甚至在乎记忆中的那个小小的蛋糕。孙方友笔记小说的追忆，文学价值在于，他在追忆前个百年，后个半个世纪，他发现了什么有价值的东西？风风雨雨、起起落落、芸芸众生、酸甜苦辣、喜怒哀乐，在他的这种追忆里，我感受到字里行间散发出的一种情怀，包括悲悯和同情。其中，时不时逸出情节主干的闲笔，那信手拈来的典故、轶闻、段子，像中国画洇开去的水印，浓淡有致，获得一种厚重感。

孙方友的笔记小说，像是与正史相对应的野史。历史是官方文本，而他的"野史"，是山间姿态。中华民族五千年有文字记载的历史，能生生不息地延续，即使有异族侵入、统治，却被同化。是什么力量？我想，其中一个重要的因素，是民间，民间稳固了社会就稳固了——社会稳定的基石。但是我的记忆里，有两次摧毁性的冲击，一是"文革"时期，基本摧毁了民间传统的伦理关系，孙方友的《小镇人物》

写了这个背景的故事。二是市场经济，一切向钱看。当然，我们都享受了市场经济带来的丰富生活。不过，两次冲击，像魔瓶启封，欲望的魔鬼出来了。我想，现在强调社会主义核心价值观，针对的就是两次冲击造成的后患。孙方友建立的文学"天地"，就有现实的意义，所以，我说是传统的阳光照进了当下现实。我说那是孙方友的"秘方"，是隐喻的说法。

我试着读出孙方友笔记小说里的"秘方"。他建的"天地"能够立住的精神元素。

一、有规矩。我们现在常常见识的现象是没规矩。没规矩不成方圆。孙方友的笔记小说，特别是《陈州笔记》里，行有行规，家有家规，民有民约。他写了各个行业的规矩，包括约定。用现在的说法是有一套完整完善的规定。人与人在规矩中构成相对稳固的关系。《蚁刑》里，官与匪，这么极端的报复，仍遵守规定：天明不死者放生。我也听过类似的当代段子，一个官员调离，群众呼吁留住，因为他吸饱了"血"，换一个还要吸新的血。我甚至认为孙方友改造了段子，将其放入了历史的规矩中。由此，获得新意。在《名优》里的演艺行业，写了师徒关系的规约，师徒（师生）是中国千年来的一个基本关系，许多传承取决于这种稳定的关系。《陈州笔记》里的《皮袄》，富豪于百万救了何仲，何仲当了账房。何仲回家省亲，于百万要他捎回一件宁夏皮袄。不料何仲苦寻皮袄三年。其中穿插了三年寻皮袄的常识，这常识在小说中上升为一种精神，精神也是常识——知恩图报。还有另一件礼物，惩罚用的皮鞭，也体现了那个年代规矩中的怜悯，该鞭打人，伤口不发炎不落疤。这两个人通常是贫富之间的关系，然而，何仲却出自塞外大户人家。我发现，孙方友的笔记小说里，情节、人物的放置，有一种椅子效应。要炫耀一把得意的椅子，放在客厅还不够，椅子的主人把椅子放在临街的门前，还不够，就摆到街中间，引起交通混乱，于是椅子引起了关注。我说的这个故事，意为把东西放在不该放的地方才能引起注意。孙方友的小说常常将人或物放在不该放的位子，意料之外，却在情理之中，他是采取"椅子效应"直抵人物的灵魂深处。

二、常识。什么叫常识？猫捉老鼠。孙方友的文本里，对常识的交代，有许多描述、解说，涉及面甚广，这也是笔记小说的从容之处。表面看，是某种技术、背景等等的说明，但是，那是一种强调，尊重常识。常识是以闲笔、插叙、补述的形式安插在文本里，挂在情节推进或铺垫渲染之中，它往往"定"住了人物，我感到常识背后的时代氛围、人文气息。有了常识不至于造成鼠捉猫，或猫敬鼠。《陈州笔记》里的人物的言行，可以看到常识的作用。某种意义上说，小说是重视常识的文体，它用常识启蒙。写异常，但底气是常识。常识具有永恒性。比如，同情弱者，是隐秘的常识。以常识作为故事情节展开的基础。《小镇人物》系列中的《徐老三》，由于长期"运动"阴影的笼罩，摘掉地主帽子的徐老三将原是长工的涂某归还的祖传如意，又还回去。其实是涂某在土改时私自截留如意没有缴公（违反常识），可他采用冠冕堂皇的公家话，恼火地说："你还是不老实呀。"于是，徐老三落下心病，心病成疾，一命呜呼。可见，小人物的脆弱。那个如意，不仅仅是"挠痒痒"了。违反常识要人性命。

三、讲秩序。孙方友的笔记小说里，人与人之间的关系，有底线有分寸，所以，我在《陈州笔记》里，看到了秩序中的稳定。《蚊刑》的底线，即使报复，按规定的时限，也放行。尤其是，孙方友笔记小说，有相吻合的人物出场的秩序。例如，《青灯》，铺叙枕翠庵，先写屋，再写人，后写灯，相当有次序。这种讲究秩序的模式，差不多是他的笔记小说的主要叙事策略，但我认为这不是形式，而是内容。而且，守青灯，也持守底线。孙方友对戏剧有涉及，他的笔记小说，像古装戏，敲锣击鼓，人物登场都有讲究——不乱套、不颠倒。秩序还体现在存在的生态上。孙方友的笔记小说里，自然生态、社会生态形成了自足的循环系统。人物出场的方式，是虫引出人，人再引出人。或者，河引出船，船引出人（《河边错误》）。《奇诊》里，医患关系，先是马车，再是阁楼，再是乳房——生了病的乳房。那个男医生进入隐秘之地的绕，环节重重，充满了梦幻般的神秘。正是绕，绕出了意味——乳房的生态。我想到卡夫卡的小说《乡村医生》中小孩的伤口，可以对比中外小说里的社会生态——医患关系。还有，铺叙的方式，能联想到汪曾祺的《陈小手》。孙方友深知汪曾祺小说的真谛，均为"回忆"，孙方友却写出了诗意。如果单独抽出孙方友写医生的小说，集中阅读呢？《毛希建》是孙方友笔记小说里的特例，写于2013年，可见他寻求突破的意向，因为，此作有他对荒诞意味的关注。是荒诞的生态和秩序。毛希建长相像毛主席，于是，众人怂恿、推崇，像对神一样，步步推进，使他从外到里像毛主席，当他相中教他学湖南方言的牙医之女之时，他宣称：如不答应，就不当毛主席。本是神圣之举，却隐藏着阿Q式的人性本能——从神至人。一步一步推向极端：反秩序的荒诞。小说中的秩序是对现实中的无序之反叛，是采取立的方式抵抗"破"，经历只破不立的一段历史，现在该是"立"的时候了，但是，我们习惯了"破"。《陈州笔记》着重"立"的稳定性，《小镇人物》多为"破"导致的灵魂危机。

总之，孙方友是有精神能量的作家。他在建构自己的文学"天地"时，通过对规矩、常识、秩序的独特发现，蕴含着强劲、饱满的精神能量，散发出他的人文关怀和悲悯情怀。而且，体现出他高度体系化的表达方式，由此，就应了"风格即人"之说。

《小镇人物》系列里，有一篇三百余字的《梦婆》，背景为"文革"。梦婆多噩梦，两个儿子已死，但是，梦婆还是替两个有污点的儿子担忧，担心阴间也在搞运动，于是她采取死的方式拯救儿子——上吊。梦婆临死前喊了一句什么，梦婆唯一发出的一次呼喊却不为人知。这是留白，母爱的表达方式，其灵魂的深处，是恐惧。生命中不能承受之重，却用轻表达。《陈州笔记》和《小镇人物》这两个系列，八卷，跨越了近两百年的时空，呈现了民族灵魂的变异，所以，可视为中国式的"百年孤独"。两个系列里，人物死法不同。《陈州笔记》多为勇死，死得豪迈、勇敢。《小镇人物》，多为吓死，死得脆弱、卑微。如果统计一番两个系列死亡的人数和方式，那么，会引起怎样的思考？

两个系列，按创作时间的先后顺序排列，这给了我感受其风格变化的方便。有一个明显的迹象，孙方友后期的作品，翻三番不那么起劲了，甚至放缓了节奏，时有《史记》列传的方法。小说，某种意义上是"回忆"的表达。孙悟空一个筋斗翻十万八千里，他以为翻出了如来佛之掌心，就得意地撒了一泡猴尿，却发现自己仍在"掌心"之中。故事不过有若干模式，要"翻"出新意，靠什么？我记住的是那个细节：一泡猴尿。当我们想一篇小说，往往忘了曲折的情节，记的是某个细节，细节与人物（形象）密切相关。例如，被戴绿帽的男人，终于要发泄，却采取给自己戴上一个绿帽，自己游街。爱丽斯·门罗说过一句话："人物做什么不重要，重要的是怎么做。"我认定，怎么做就是小说的"新意"——唯一性。《蚊刑》是孙方友的名篇，我在新疆也挨过蚊子叮咬，还听过关于蚊子的轶事，几十年过去，想到《蚊刑》，总是停留在那个细节：赤身的受刑者一夜不动，浑身叮满了吸饱鲜血的蚊子。好像我在受刑。孙方友是位对细节高度敏感的作家。孙方友叮细节，就像蚊子叮饱了血，其叮出的细节很饱满。显示出小小说运用细节的独特性。小作家总是重视"大"，大作家善于叮住"小"，由此，小中见大。而重视大，往往落"空"。

孙方友的笔记小说，多为小小说。其实，是两个系列成就了孙方友。当今有个热门词：对话。小说家族里，长、中篇小说和小小说，存在着潜在的对话。老话说：门当户对。契诃夫说：大狗叫，小狗也叫。"对"和"叫"，也是对话。对话有个前提：能量、品质、档次、合力的层次相当，即文学价值和标准有相同的共识。孙方友笔记小说，具备了小小说与长、中、短篇小说对话的能量和品质。孙方友活在他建构的陈州、小镇的小说"天地"里，由此，不同方式的对话仍然继续地进行着。我相信，还能持续对话。

孙方友也喜欢雷蒙德·卡佛。凭我对孙方友性格的了解，他有自信、自傲的一面。我揣想，孙方友对自己的笔记小说，也会发出跟卡佛同样的自我赞叹：嗯，活儿确实不错！不过，那个"嗯"该是河南腔的"中"。

关于小小说的细节

1. 关于素材。作家与素材的关系，很似木雕艺人与原始森林的关系。木雕艺人进入原始森林，他心里揣着一堆话。其视角里，古老的树木里隐匿着他的木雕，他只是通过雕刻，把所想象的形象从树中提取出来。他会根据某一棵树取出某一个形象。森林对他来说，是取之不尽的创作素材。而木雕艺人的徒弟，满眼都是树木，不知如何是好。其实，木雕艺人进原始森林之前，他已胸有成竹——心里已装满了原型（各种各样的形象），就如同作家的阅读，掌握了古今中外的原型，当作家碰上素材的"原始森林"时，当然能看见隐匿在树中的形象。只不过，一个作家应当知道，得通过原始素材，创作出有新意的形象，哪怕仅有一点新意也足矣。而且，也清楚，他创作的所谓新意的形象来路（原型）。

2. 关于细节。记得博尔赫斯曾经有一个提问：世界上所有的故事仅有若干模式，要讲出新意靠什么？我觉得古今中外的故事（故事的母体和原型，例如爱情故事、寻找的故事）像如来佛的掌心。孙悟空一个筋斗能翻十万八千里，他以为跳出了，他尿了一泡猴尿，庆祝自己的胜利——小说意义上的伟大的一泡尿。可是，他发现如来佛像山一样的五指，他仍在那个掌上。日本称小小说为掌上小说，名称的出处当然不是如来佛之掌。不过，我认为孙悟空还是翻出了自己的新意——那一泡猴尿，体现了唯一性，穿越了时空，让我们记住了。

我能想象出如来佛的微笑和孙悟空短暂的得意，还有猴尿的臊气。

3. 关于物件。相当长的时间里，小说界习惯地称小小说里出现的东西为道具。道具是戏剧的概念，它具有附属的地位，有用了就拿出来，无用了就弃之。但是，我要将道具称为物件，还认为物件和人物平等。称为物件当然包含着物与人的平等意识。纳博科夫讲过这样一个故事：一个小女孩家着火，邻居冒着危险进去抢救，他抱起小女孩，小女孩哭泣，似乎还留恋什么，于是，他发现小女孩的玩具——布娃娃。如果单独地救出了小女孩，那仅仅是故事，甚至是新闻，然而，救出小女孩的同时也救出了小女孩喜欢的布娃娃，那就是小小说。可见，小小说处理物件的态度，那个男人，表现出了终极关怀，他深知小女孩所爱，小女孩已将所谓的道具——布娃娃视为小伙伴了。小小说在讲故事时，就要找到类似布娃娃那样的物件——物质性的细节，和人物结成灵魂意义上的关系。

4. 关于潜入。小小说固然要讲一个故事，但又不仅仅是讲一个故事。仅仅讲一个故事，会出现一种模式化的状况，就是在故事的框架层面上滑行，即使故事相当完整，却容易浮在表面，禁不住回味。于是，出现仅有故事，不见灵魂。我希望看到故事内在或深处的意味。我的家和单位，两点一线，中间是一条河。河犹如一个故事。我每天沿着河上班下班，河边有许多人垂钓。垂钓者抛出钓线，鱼钩迅捷地潜入河底。小小说不也要穿过故事的表层，潜入河水的底部吗？怎么潜入——靠铅坠子。对小小说而言，细节就是铅坠子。它护送着鱼钩到达河流的底部，那里幽暗、神秘。河里的鱼和岸上的人就这样形成了紧张的关系，有乐趣的紧张。小小说不可缺幽暗、神秘的部分。

5. 关于灵性。小说历史不过三百年，演进到当代，一个重大的变化是视角。这也体现了作家对世界的态度，由最初的傲慢、自信的俯视到谦卑、疑惑的平视。世界由物质构成，对待物质的态度，可以在简约派作家雷蒙德·卡佛的小说里见识。他有一篇小小说《小东西》，那是物化了的小男孩。不过，卡佛的小说里，有许多小东西——小物件，他能够把小物件写得富有灵性。这就是他对物件这类小东西像对待小人物一样敬畏，他时不时地赋予普通物件以广阔而惊人的力量——写出椅子、窗帘、冰箱、叉子、石头、耳环等等物件的灵性，不经意中，这些物件有了象征的意味。对待小说里物件的态度，其实蕴含着作家的世界观。我注意到刘亮程的小小说似的散文，是建立在一个观念之上：万物有灵，万物平等，哪怕是一株小草，一堵残壁，一条小狗。他能把小写得大——博大。大作家总是关注小东西，小作家往往偏爱大东西。

187

小说先知巴别尔：碎片并置

　　小说面临着考验：该讲的故事已被讲述了，该用的技巧已被用过了。就短篇小说而言，它是小说家族中技术含量最高的文体。短篇小说发展至今，故事和技巧几乎已穷尽，还能够怎么写？有多少可能性？应关注什么？这是每个热衷短篇小说创作的作家面临的避不开的问题。

　　我把短篇小说大致分为两类模式或谱系。一个是莫泊桑、欧·亨利为代表的重视情节的小说，现在渐渐弱化。另一个是契诃夫、巴别尔为代表的关注状态的小说，据我的阅读感受，当今世界的小说越发强化状态呈现了。相对情节见长（很技巧）的小说，我只好勉强地用"状态"来界定来自契诃夫、巴别尔的传统一脉。不过巴别尔曾在莫泊桑小说里汲取过营养，却形成了自己的小说方法。

　　某种意义上说，契诃夫（中、后期小说）、巴别尔（仅有两部短篇小说集），像短篇小说的先知，已在近一个世纪前预示和奠定了当今短篇小说的可能性，同时，蕴含着未来小说的格局、走向。像巴别尔站在他那个时代指点当今的我们写小说。其实，由经典作家和作品组建的小说史潜伏着小说发展的微妙的可能性。

　　短篇小说的创作，与作家所处的时代，与作家看待世界的方法密切相关。我们处在网络时代，现实的碎片化，写作的碎片化，阅读的碎片化，现实的稍纵即逝、短暂切换，必然体现在文本的形态中。

当我读巴别尔的《骑兵军》时，战争与人性的碎片，并置在一起，甚至，巴别尔将不相关的碎片并置，构成了电影蒙太奇式的效果，其中，通常的因果链断裂、线性情节隐退。所以，我认为巴别尔的传统还处于进行时，其创造出的短篇小说的可能性还有待后人去发现、去实现。

伊萨克·巴别尔属于经验写作的作家，他创造了小说的非虚构美学，表现了切身经历。1920 年以后，犹太人巴别尔以《红色骑兵报》战地记者的身份，参加苏波战争。1926 年出版小说《骑兵军》。骑兵军军长布琼尼指责该作侮蔑红军，但高尔基力挺，替他辩护。前者是政治视角，后者是文学视角。巴别尔的小说超越了特定的意识形态，成为经典。出现了延续至今的巴别尔学、《骑兵军》学，有那么多学者、专家捧了巴别尔这个饭碗。《骑兵军》运用的是文化视角，表现出苏波战争中的文化冲突——一个世界性的问题，这也是当今世界小说的主流，尤其是冷战结束后小说的重大转向：文化的冲突、摩擦、融合。并置和文化是阅读巴别尔小说的关键词。当时，强势的哥萨克文化和弱势的犹太文化，在小说里发生着冲突，充满着身份、人性的纠结。

但是，巴别尔仍然难逃一劫。1939 年 5 月 15 日，巴别尔被指控犯有间谍等多项罪被苏联秘密警察逮捕。那场大清洗，受难的万余名军官中，还包括亲历苏波战争的高级将军。希特勒悍然进攻苏联，其中一个判断是，众多苏联将军在大清洗中被杀。所以，1941 年战争初期，苏军溃不成军，羊群像没有头羊一样——缺乏能带兵打仗的将军了。将军们的命运如此，收拾作家巴别尔还不是小菜一碟？！

被捕后，巴别尔遭受酷刑，他招供，翻供。他遭遇到卡夫卡式的境遇：以莫须有的罪名被抓，莫名其妙地被杀。1940 年 1 月 27 日凌晨，巴别尔被秘密枪决，遗体至今不知何处。揭秘后的克格勃记载：巴别尔 1940 年 1 月 27 日在莫斯科被枪决，埋葬地点不详。

摘录巴别尔那一百二十余字的临终遗言、狱中绝笔即 20 世纪90 年代解秘的苏联克格勃档案后半段：我完全无罪，我从未做过间谍，我也没进行过任何反对苏维埃的活动。审问时我的证词，是自我诽谤。我只有一个请求，那就是允许我完成我最后的作品……

巴别尔进入了未完成时或无法完成时的省略号，同时进入永恒。我想起了博尔赫斯的小说《秘密奇迹》，那个主人公也祈愿，于是，德军士兵的子弹射出后在空中停滞，他完成了剧作，子弹按预定的轨迹击中了主人公。巴别尔没有获得所谓的奇迹，但他的小说是奇迹。他翻供，他请求，可见，他为小说而生而活，这可怜而又天真的请求成了我们的遗憾。这位作家，受害时年仅 47 岁。

所说的经典，是耐得住，禁得住重谈的作品。我有 1992 年花城出版社孙越译的、2003 年辽宁出版社傅仲选译的以及浙江文艺出版社戴骢译的版本，2004 年王天兵编的戴骢译的图文并茂的版本由人民文学出版社出版。我选定了戴骢译的版本，2015 年春重复阅读，仍不失望。《泅渡兹勃鲁契河》《我的第一只鹅》《多尔古绍夫之死》《盐》《契斯尼基村》等，闪烁着跟以前阅读不一样的光芒。又有着相隔十多年的阅读经验垫底，《骑兵军》显出了现在时、未来时的小说的可能性。

总体传达阅读的感受，会吃力不讨好，就以《契斯尼基村》为个案吧。因为，它使我想到童年的生活，使我发现并置的妙用，还有，难得的是写了战争中的女性。联系是读者参与创造的方式。

契斯尼基村里驻扎着骑兵军，村外据守着波兰军。时间定在骑兵军准备发动进攻前夕，因为第二骑兵旅还未到达战斗位置。这场战役的重要性，可从出现在村里的将领显示出来：元帅、军长、师长。

巴别尔的手法，是由职位的大往小来。将军到马夫，男人至女人。而且，写的是声音，由众多的声音至个别的声音。背景是战前的紧张，响彻着命令、口号、誓言、呐喊。某种意义上说，是一篇关于声音的小说。战前的声音：大人物到小人物的声音。小说在篇幅的五分之三处，声音变调。转为受伤战士的呓语、小马夫的哼曲。这与前边的激昂的声音形成反差。歌声掩盖了呓语。

　　终于，"那个骑兵连共有的胖女人萨什卡"骑着母马出现了，打断了小马夫唱歌的声音。小说里，一个声音盖住了另一个声音，反侧是微弱的声音掩盖了宏大的声音，仿佛声音推翻或否定声音。

　　骑兵军中的女人的地位和处境。骑兵军是野蛮的哥萨克主宰军队。巴别尔在另一篇小说《杜杜》里写过——奉献肉体的女护士。可想而知，胖女人萨什卡的处境，骑兵连共有意味着什么了。

　　萨什卡打断唱歌、翻身下马，劈头一句，显示出她的男性化，可是，她的母性体现在母马上，突兀的一句："咱俩成交吧，怎么样。"

　　胖女人萨什卡与哥萨特小马夫的交涉显示：这桩交易已谈了一个多月了。她要叫母马与公马交配，而叫飓风的公马是师长的坐骑，师长关照，绝不可以牵去配种。

　　20世纪60年代，我念小学，塔克拉玛干沙漠边缘的农场，马还没被淘汰，其在生产中的作用已到达了高潮。连队有一匹马，据说是斯大林的坐骑的儿子的儿子。各连队牵来母马，以能够与它配种而自豪。那匹公马享受着特殊的待遇，它不用下地干活，不用拉车，它只有一个任务：配种。还有专职管理它的配种员和专门用于配种的木架，以及专门喂它的营养饲料（苞谷、鸡蛋）。配种员还帮助它按计划配种，扶它的生殖器，不让它浪费精液。大人会来驱赶观望的小孩，称之为离开，下流。

　　可是，萨什卡是个女人，她用什么方式让母马接种？

　　哥萨克小马夫，估计跟我在农场那时的年纪差不多，却置身战场。他只是听命令，不懂马的事，仅给马刷毛，但是，他受不了银币的诱惑——成交。

　　苏波战争，也是马的高潮。马作为战争的工具，骑兵军战败后，被解散。可是,这篇小说中,女胖子萨什卡想方设法协调,给母马配种。战争与配种,这两个不相干的事情并置在一起。人的战争,马的配种,两个片段的并置,形成一种荒诞、滑稽的效果。战争毁灭生命,萨什卡却执着、迫切地配种——繁衍生命。战争使马错过了繁衍的机会,或说不让马有繁衍的机会。而且,这方面,除了人去限制,连马也丧失了本能。

萨什卡颇知配种的环境,她在林中旷地拣了片缓坡,把母马拴好。我不知苏联有没有配种架,但战地不可能有这种条件,也不可能替马着想,因为,师长有禁令。

一个战地的女人,如何撮合两匹马之间的那种事?她先给小马夫介绍,可视为给母马打声招呼:在这个世界上,没准儿只有公马给你做伴。她这种说法是淡化战争的恐惧。

她终于给母马物色了个良好的性伴侣。巴别尔没有写马交配的情景,只用了一个词:调教。过程是:开始调教飓风(公马),中间只有一句话,是对小马夫,更是向公马介绍,像说媒:我那匹马是冲锋陷阵的,也有两年没有交配了,我一直想给它找匹良种马。听听,她介绍母马的同时,也赞美了公马——这就是所谓调教的过程。接着,是完成时,她把公马调教好后,将它牵到她的母马身边。怎么调教公马?省略了。巴别尔在读者期待的地方省略——留白。颠覆了读者的期待。与其说调教,不如说唤醒,唤醒马的本能。巴别尔简洁干净地衔接萨什卡的撮合过程。她又唤醒母马的意识,像对女人一样柔声细语,而且吻了母马的嘴唇,说:“姑娘,这下咱们可以大大受用了。”平等地和母马交谈,用了复称:咱们。与她的境况“骑兵连共有”相照应,而母马是对一匹公马,她为母马选偶,而她不能选择。巴别尔暗伏着细节,需要读者细心体味。八行字写出接种的过程——闪烁着生命之暖光,女人调教的结果。通常,关键的地方会重重地写,巴别尔却偏偏轻轻地写。高手、低手的差别就在此。对比前边战争的重要性，能感到真正重要的是什么。

短暂的接种期间，关于战争的恐怖（声音、气氛）被绝缘。但接种成功后，萨什卡立刻声称"第二旅赶到了"（细节的呼应），纵身跳上母马离去。小马夫又喊又追，没得到接种的钱。那是师长的公马。护士的母马找的正是师长的公马。巴别尔的马背日记里，记载了师长在战后哭泣的细节，一个女人忽然来调教男人，因为男人已经不行了。潜隐在日记背后的战争故事是：哥萨克丧失了雄性气概。

由调教这个词，我想到了宁波的一位朋友，他养了一只高贵的母狗，他的另一位朋友养了同样品种的公狗，他俩数次出面调教两条狗进行交配，均不成功。两条狗的主人失望，就喝茶、聊天，不料，在主人不介入不干涉的时候，两条狗竟然自行成功交配。不知怎么，小说中的两匹马竟使我想到现实中的两条狗，共同一点，都由人出面调教，一对成功，一对失败。什么情况下，动物的本能退化了？不过，调教在巴别尔的小说、日记里意义更为丰富，还包含着唤醒、管理的意思。

结尾，出现了巴别尔式的比喻：风像一只发了疯的兔子在枝丫间跳跃着飞掠而过，战争使一切丧失了原本的状态。战争打响了，巴别尔只是遵照师长的号令发起了进攻，转而就点到这是难忘之战。

其实，没写村外的战争，只写村内的配种，所谓难忘之战，难忘的是战前给马接种。于是，战争与配种就这么并置，形成了有意味的碎片并置。契斯尼基之战，是整个苏波战争中唯一的一次双方骑兵军大规模列阵的交战，也是欧洲历史上最后一次纯粹的骑兵终结之战。有意味的是，巴别尔写了短暂的战前两匹马配种的故事。萨什卡费了那么大的周折，偏偏选这种时候，不顾一切、排除干扰地给母马接种。这给我第三次联想：美国"9·11"恐怖袭击事件之后，美国本土出现了"恐怖爱恋"，那是一种即时、刺激、短暂的性爱关系，带着及时行乐的特点，"恐怖爱恋"蕴藏的是心灵因素，是恐惧感和末日感。生命的脆弱，不确定、难掌握，通过"恐怖爱恋"发泄。恐怖和爱恋这两种相悖的情感就这么并置。

所以，巴别尔的小说能够超越特定的时间、空间、民族、国家，进入普世性，同时，彰显小说的可能性。他也超越了同时代的作家。19世纪的小说，故事情节有结实而清晰的因果链条，而且，展开起来有条有理，结尾往往封闭圆满。但是，到巴别尔这，链条断裂了，他给我们呈现碎片，甚至，不刻意去黏合，小说打开的方向往往出其不意，莫名其妙，由一个碎片跳到另一个碎片，不是线性的关系，而是并置关系。巴别尔的小说，像照相线路，突然会出现短路，或者说，出现不可思议的突转，转入意料不到的情境。前后两个不相干的片断，犹如两面镜子，相对映照，照出禅宗式的空寂。我视为巴别尔小说的前瞻性（碎片的并置仅仅是其中一个特征），他在近一个世纪前，已表现出短篇小说的可能性，只不过，还有待后来的作家去延续。因此，我称巴别尔为小说先知。

与其说《骑兵军》是一部短篇小说集（大部分是小小说，高尔基曾说巴别尔是小小说的高手），倒不如视其为长篇小说。它塑造了骑兵军的群像，由战地记者柳托夫贯穿其中，像一根线穿起的珍珠。当代长篇小说也出现一种可能性：碎片的集合，像《骑兵军》。巴别尔的小说方法，其实就是他的世界观。形式即内容。

巴别尔很强大。强大并不意味着使用强大的武器——长篇小说，巴别尔用短篇小说之匕首，甚至是水果刀，但它或戳或刺开了现实的果实，流出的是红花般的小说的浆汁和果瓣。托尔斯泰的《战争与和平》、巴别尔的《骑兵军》，是写战争的两种形态的小说，均为不可撼动的经典。

发现传统，表达现实

——2014 年浙江省小小说（兼故事）述评

羊年伊始，回顾 2014 年度浙江省小小说（故事）创作表现，风格多样，品质提升。其显著的特点是：从方法上看，作家自觉地重视系列小小说的创作；从年龄上看，70 后的作家群体尤为活跃。

我的脑海里出现一个意象：系列小小说犹如一个个羊群，在草肥水清的题材原野里漫游……

一、发现传统：灵性、超越

我是个左撇子。打乒乓球、篮球，用左手，操镰刀尤其难，因为镰刀都统一为右手打造。幸亏持笔是右手，渐渐地，我隐蔽着我是个左撇子。小时候，我有个同学写字用左手，有人说他缺乏教养，不懂规矩。我就有意识地减少使唤左手了。像隐瞒成分那样，以为左撇子不正常——异类。走上工作岗位，时不时遇上开会、表决，似乎我的左手要自作主张。主持人宣布："同意的请举手。"我也跟大家一样，举起右手。主持人再说："反对的请举手。"我的左手就蠢蠢欲动，我担心它会一时冲动，擅自举起，就用右手摁住它。主持人又说："弃权的请举手。"我的左手又不安分了，我狠狠地摁住它，摁得出了汗。我在心里警告左手：冲动是魔鬼，你想出风头、闹别扭？当主持人宣布，一致通过，我松了一口气。所以每逢此类表决场合，我都会高度警惕地用右手摁住左手，内心还纠结。

此为我阅读东君的一组小小说"东瓯异人"之一《左手右手》引起的回忆。其中的怪人也陷入与我同样的尴尬（但更严重）：左手跟右手为难，只是"左手行恶，是不知恶之为恶，正如右手行善，不知善之为善"，谁能明确潜伏在自身心灵深处的危机？由手表现。东君由手切入写人，善恶分明对立，这是小说探寻的双重性——它有强劲的谱系。博尔赫斯着迷过双重性。我认为东君是在向卡尔维诺致敬。

《一个分成两半的子爵》里，战斗中，一颗炮弹把一个人炸成了两半，于是善与恶的两半独立了，卡尔维诺给了一个两半合并的结局，上帝与魔鬼同在。

而东君的《左手右手》里，怪人面临"如何解开左手与右手之间的宿仇？"的难题或说危机。去求教法师，绑住左手，避免多生事端。法师劝他伸出左手，解开两手之间莫名其妙的仇恨。一解开，左手突然像虺蛇般蹿出袖管，扼死了法师。怪人已控制不了左手，于是，右手抄起柴刀，砍落了左手。

继而，就显出东君的内功，他写"左手在地上弹跳了许久，直至黑血淌完，方如死鱼般凝然不动"，显然，左手已有独立意识。东君还嫌不够，虽然怪人恶念顿消，但他每每独处时，右手还常常伸到左边的袖内，表示愧意，实为怜悯。那是斩断了恶之后的空。东君进而写有人来了，怪人来不及缩回右手，却推说"天"——这天气也真够冷呀。那是更大的空。虚幻和冷寂。步步推进，这是发生在自身内部的"战争"：惊心动魄。

写怪人，紧扣其手，贯彻到底，像是行恶行善的两个人，却同存一体，危机中的自我拯救。我读过东君最初的版本，他把左手右手放在《圣经》的源头去探索，编辑删除了那一段。可能忌讳小说"讲道理"吧？何况两种宗教同在一个故事里不搭吧？

《左手右手》写手相——好相，《快刀慢刀》写脸相——苦极相，两篇，其实是写了失控。前者写手，后者写刀。与其说失控，倒不如说独立。

《快刀慢刀》先从河中的大鲤鱼切入。刀客去见朋友，正愁没礼物。东君越过寻常的生活边界进入异常的魔幻：鱼眼中竟然映出了刀影。刀与鱼的游戏——鱼尾随船，刀在腰间跳脱，潜入水中，与鱼同游。鱼隐入水，刀跳回鞘。刀柄竟有了两颗鱼眼，而且夜宿时，鞘中发出幽细的沉吟。黑暗中，刀上闪烁着斑斑鱼鳞。东君贴着细节，写出了魔幻的逻辑性。然后，刀说："你的仇家正向你这边走来。"意大利作家艾柯说过："一旦你进入小说林，你要做好准备，那里狼会说话。"

情节由轻松转入紧张。刀客和仇人的关系，似乎由第三者——小刀在主宰，更是物与人的关系。仇人要求补一刀，给个痛快。刀客却要讨回宝刀。江湖在乎的是尊严还是羞辱的问题。东君省略了两人仇恨的原因。像是对待淘气的孩子：刀客拍了拍手掌，刀便带着仇人的鲜血跳回到腰间的木鞘。东君不忽视细节的照应，结尾一句：从此以后，每晚睡眠正酣时，刀客就会听到木鞘中发出凄厉的哭声。刀的愧意？刀活了，活得有灵性。我想到博尔赫斯小说的《遭遇》里的两把穿越时空的刀的遭遇，也像刀客和仇人之间的刀，具有独立超越的品性和形而上的意味。

读过东君多部中短篇小说，总是弥漫着一种儒雅、怀旧的气息。小说关注的是现实缺乏而非丰沛的东西。其小说里寂静是个常在的大角色。寂静犹如濒临灭绝的物种。因为喧嚣以及噪音是个庞大的入侵者。小小说《读信的人》，那位周子芥，频繁搬家，闹中求静，租了老房子，清扫时，发现一个小木板纸箱，里边有十二封信——

打开了一段历史，七十年前一场不为人知的师生恋。东君留白——不呈现信的内容。一个多时辰读罢了七十年前的一沓信（为何无人拆阅），那女人明知得不到回复，还执着地给故人写信。周子芥读了他未出生前的情书，找出了多年未用的文房四宝，给早已不在人世的朱女士写了一封长信——时代和时间的错位，但是，写完了信，他发现手上出现了"老年斑"，片刻，老年斑已爬上了脸。结尾一句：他几乎要摔掉镜子尖叫起来。一个人读陌生人的情书，而且，忍不住回信，自己却老了。他与七十年前的女人有何关系？他是采取自己的方式去弥补爱情的遗憾。不过，当今网络时代，手书信已消退，这个关于情书的故事，主人公以这种方式怀念，同时，小说里"过去"的一束光也照亮了现在。

东君的《东瓯异人》系列小小说，全称为《东瓯小史之七·异人小传》。笔记小说的风格，它让我联想到中国古代的志怪、传奇、杂录、聊斋等，还有国外的小说，及中国的汪曾祺。引发联想是阅读的乐趣。我还想到 2004 年第 4 期刊在《上海文学》上的莫言小说九段（小小说九题），与东君 2014 年第 2 期《上海文学》中发表的《东欧异人》六题，有异曲同工之妙。东君在形式上，缝合了传统与当代的裂隙，在内容上，打通了过去与现在的气脉。他的叙述那么从容、舒缓。并且灵魂在场。其启示之一为，相比现在一些作品——故事情节在运营中仅仅是一个圆满的流程，但灵魂缺席。我期望灵魂在场的写作。启示之二为，怎么发现"传统"？利用"库存资源"，是小说可能性的一种。东君在地方的史料、传说、轶闻中提取素材资源，然后，展开放肆的想象。

东君的叙述从容，以另一种状态出现在周波的小小说里。近几年，周波拓展了题材空间，已经写了东沙镇长系列小小说五十余篇。2014 年，他扣住"问题"，写了问题系列十余篇，大多被选刊转载。

虚构的古镇，是现实中周波的故乡小镇。现实里，周波确实到故乡的小镇当了一把手。因为他心里装着一个故乡，所以，那些人那些事，由他的笔下生长，叙述起来从容自如。东君的触角探入历史，而周波则紧贴当下。

这是小小说的方便：与时俱进，表现出写当下的自觉性、及时性。有两个人物贯穿系列之中，东沙与如晶——夫妻俩构成了县与镇的关系。东沙镇长的系列，主要发生地在古镇，家居县城，那一部分夫妻生活，似逸开的闲笔，却增加了系列小小说的情感、气氛的厚度和浓度。

周波和东君的表达差异为：东君在人物的内部深掘，而周波在人物的外部弥散，主要叙述策略，更像鲁迅的小说《风波》，那种反应式的结构。东沙镇长犹如一块石子，落入古镇的那一池水里，激出了情节的涟漪。

其次，东君小小说的细节，从容地趋向一种意象，而意象不经意地升华为微妙的形而上。周波却在发散性的叙述中，不露声色地透出小小的悖论，由此，生发出温和的荒诞，开心的幽默。

《开心问题》，东沙镇长只是路过一个村口，村长宣布为镇长专程来看望大家。身不由己却顺水推舟，问题是去哪里？看什么？于是进了一个农户的家里，农户反应有三：牵开护院的大黄狗、召唤来亲戚、购买烟酒。周波的多篇作品写了无事的"风波"。镇长记挂着村里修路的事儿，可农户在乎的是镇长到"我们"家做客。长满老茧的阿婆、看热闹的人群、绿油油的田野，镇长由点到面地看到，突然控制不住眼睛的潮湿。无事生情。明明有事，村民都"无事"，村民开心，镇长开心。路过与专程，有事与无事，背后的意味值得读者"反应"。

《日全食》，东沙第一天上任，凑巧撞上了五百年一遇的日全食：上任还是延后？黑暗还是光明？天象奇观和人间官运被习惯性地扯到一起，其实，人一思索，上帝就发笑。镇里也在笑，因为，镇长到了，把阳光带来了，不吉转为吉利。表面上，镇长说："阳光本来就在天上。"可是，他在日记里记载了当天表态发言的情景，表述为：那会儿，脑子里像有阳光照进来，一下子全亮了。他的反应，不也落入俗套的怪圈吗？心灵的阴影和自然的黑暗形成对照。小与大，个人的事儿跟宇宙的天象挂上钩。

《笼子问题》里，那参加渔民运动会的婆婆跟动物挂上了钩。周波把触角伸向历史：老婆婆曾在"文革"全市乒乓球比赛中获奖，证书上有"最高指示"。当下，她背着笼子参加比赛，神秘的笼子给古镇代表队赢得了荣誉：笼子里的狗像啦啦队，老婆婆挥拍扣球，狗就有反应：汪汪叫。人和狗的饮食成了农民式的幽默，是人获奖还是狗获奖——老婆婆背着笼子上台领金牌，像背负历史。

周波的系列小小说，多有闲笔，常留空白。其留白的方式，是具体的一篇里，冒出莫名其妙的一句，却能够在另一篇里得到呼应或印证。整个系列，由一种调子、气息打底，多侧面多层次地反应，使东沙镇长的形象丰富丰满起来。东沙镇长系列已超越了通常模式的官场小说。于是，写出了"官场小说"的一种可能性。不过，周波的叙述应注意把握分寸。

苏平的校园系列小小说五题，颇有汪曾祺笔法，也属于笔记小说的路子。其从容，可归纳为：撒网。漫无边际、信手拈来的铺垫、渲染，却暗藏玄机——不知哪个细节后来出面发挥作用，然后收网，收得干净利索，其中一篇《老王的逻辑》，老王这个退休的逻辑学教授，习惯了清静，他曾经的小屋是闹中取静，起先他顺手捡垃圾，突然有了扫地的欲望，早锻炼本来是跑步，转为了扫地，却被误认为清洁工。他也认了这个"逻辑"。不料物业撤了原先的清洁工。老王教授破坏了原有的平衡。物业减少了开支，他又进入新一轮逻辑纠错，最后，他维持了最初的逻辑，继续把跑步当成早锻炼，另一种平衡形成了。苏平的逻辑，人物时常遭遇老王式的逻辑怪圈，收起一张荒诞意味的网，人物就在网中，无可奈何。

　　周国华的创作势头旺盛、题材多样。他置身"官场"，有一部分作品也表现"官场"。《最有领导样》，写小朱在官场，上上下下起起伏伏。周国华把握住了小小说的特征：细节运用，写人物要贴着人物的细节写。他给小朱这个人物一个细节——肚子，并将肚子贯穿到底。肚子与官场的微妙，即肚子肥瘦、官运的升降仿佛构成必然的关系。他的肚皮挡了视线，被习惯性地视为领导，于是，他减肥，主要的目标是减肚，还要求领导监督，终于肚子瘪了，却在中层职位竞岗时被淘汰，而小王竟然拥有了他当年的胖肚。周国华着实幽了肚子一默：乡长喜欢的正是小王的胖肚，其中一条原因：遇找碴儿的来访者，小王的肚子可以先挡，因为习惯思维造成肚子是领导的标志。这就是官场的肚子心理学。题目直露了，可为《肚子》。肚子的细节有含量有意味。

二、女性写作：视角、细节

　　一位编辑告诉我：要是遮住赵淑萍的名字，看她的小小说，很难明确出自一位女性的创作。我读立夏的小小说也有同感——超越性别的写作。

　　赵淑萍的七篇家族小小说，其原型来自一位百岁牧师。她提取素材时，淡化了宗教背景，着力表现一个家族成员的境遇。不同视角，不同时段，或第一人称，或第三人称，截取 1905 年、1948 年、1957 年、1960 年、1966 年等时间的节点，大事件大运动作为背景，写了小人物、小物件的独特命运。从而表现出一个家族的百年敏感：生命的链条和求生的念头，环环相扣，生生不息。假如在某一个时段，某一个场景，某一个成员生命之火熄灭，那生命的链条就断裂。

赵淑萍的这组小小说揭示出了生命的脆弱、卑微而又坚韧、执着。

《生命的链条》时间跨越了百年，总体奠定了一个家族"从哪里来"的血脉基础。"我"是生命链条中的一环，1905 年外婆怀了"我"母亲，小生命在外婆腹中有反应，而外婆延误的乘船，偏偏发生了江难，而"我"1957 年被打成"右派"，在阳台欲寻短见，外婆的声音：当心，乘凉也不能探出阳台外边。于是"我"有了蝴蝶一样的女儿，女儿恋爱，"我"转到阳台，幻音响起："跳下去！"赵淑萍写了那个小东西、小人物在大背景中的反应：敏感。

《1948 年冬日的怀表》，也写乘船。迷了路，已过了轮船起航时间，似乎就等他，还有隆重的登船仪式，他以为大家视他为什么重要人物。原来是一位国民党军官的一块镀金的怀表坠入水中，捞起怀表的时刻就成了起航的时间，这个误点的巧合，还使一位乘客跟女友分手。一个小人物的遭遇，竟然与大人物一块落水金表密切关联。第二年那官员乘上船退往台湾，小人物闻知局势的变化，想到那块怀表，是不是进了水，是不是还在走？

赵淑萍的小小说里的小人物，时不时生出小念头。《念头》的开头，人物早晨开门，忽闻花香，已九十岁的母亲说："鱼。而且是一条。"儿子为了母亲一条鱼的念头，第一次借网捕鱼———网就抓了一条鱼，他却生出念头，可是，一网又一网，都空。应了母亲一条鱼的念头。母亲喝了三调羹鱼汤，说："鲜。"然后笑着死去，像入梦。一个念头、一条江、一个网、一条鱼、一个笑，情节在细部推进，然而，作者将触角挥入历史——过年的一条木雕的鱼。木鱼标志着物质的匮乏，衬托着最后尝一条鲜鱼的念头。结尾，木鱼和鲜鱼的关系，犹如现实与历史的链接。仿佛木鱼活了，网的那条鲜鱼，是否是外公外婆把木鱼投入江中？这是以轻写重的方式，赵淑萍的小小说，擅长于运用细节——比如还有一口老井、一条牛尾、一本书等。以小写大，将精神与物质，个体与时代，自然巧妙地融合，从而显示内涵和意象的丰富性。小小说要写得单纯而不单薄实属不易，但她还应在叙述上做减法。

　　说起立夏，立刻会想起她的代表作《小莫的海底》《英雄》。这两年，她的小小说创作一度沉寂了。犹如有一个小小说茶馆，有进有出，有的"茶客"坐得住，不起身。确实，创作有必要保持一种持续性——得有耐心。立夏给人以期待。在海岛生活的立夏，这一回，用另一个视角写大海。《一起去看海》，采取重复的手法（我们的生活不也是一种重复吗），一年一年，不厌其烦地罗列"一起去看海"而没去成，现实里的俗事使得愿望一次一次被延后。这一对男女，恋爱、结婚、生子，年复一年，两个人的内心和外形发生了变化。终于，第二十年，逢了情人节，父亲出差，儿子向母亲提出同样的愿望：今年夏天去看海。结尾的情节有了着落：电话打通，结婚二十年的妻子，听见丈夫在电话的另一端压低声说，我在开会。但是分明传来另一种声音：大海的声音。跟她在大海螺里听到的声音一样，如此汹涌澎湃。二十年，每一个夏天都发起去看海，这个"看"，到此，仅仅是"听"，生命在岁月中流逝，一个愿望以"听"得以实现，怎能不汹涌澎湃？！立夏把握了小小说"重复"手法的妙处，写出生命的流程，由"看"到"听"，没有"看"到的"听"，更有力度。壮阔的大海和卑微的人生。她的《老虎山庄》《艺术家》，也显示出重复、对比手法的运用。

　　赵悠燕是位有耐心、耐力的作家，几十年创作不间断，专事小小说。《大海的味道》以一个小男孩的视角传达出了大人世界的艰辛——父母的味道，娘在礁石上铲螺，爹出海捕鱼，两种气味形成对比，通过气味写人。小男孩对大海呼唤，却望不见爹的渔船，他也陪着娘铲螺，他看见娘红花绿底的衣裳像一朵花在海面上绽开。他怀着一个小小的念想，能尝一支棒冰，可是，娘把钱省给将归来的爹打酒喝。这对母子在海边，却有着不出现的父亲的形象。而小男孩睡醒，娘手里的瓷碗里，搁着一支通体雪白的棒冰——冒着凉气。这一点点凉气有了微妙的意味，仍使读者想到大海里的父亲。

立夏、赵悠燕尚未选择系列小小说的表达方式。彭素虹、沈春儿则有意识地在系列里开掘。彭素虹从散文转入小小说创作，她写了一个虚构小镇，原型由她家乡四川的小镇和现居的宁波北仑糅合，花镇红颜系列三十八篇，是一年多"喷发"的景观。每一个女人对应着一种花，而且，女人的性格与花的品质在某一点互通，一个百花盛开的小镇。其方法是受了墨西哥女作家安赫莱斯·玛斯特尔塔的《大眼睛的女人》的启示，彭素虹写的是中国女人的中国故事。她吸收能力很强，由此，给出一个启示：如果能把一位对路的经典作家吃透，那么，也能形成一条创作的路径。当然，先模仿，后独创，走出"笼罩"。

沈春儿的中草药系列已有五十余篇的规模。2014 年作品仍保持着惯常的风格：每一味中草药与每一个人物的性格或命运暗合，构成一定意义上的象征或寓意。大多篇什，跨越了散文和小说的界线——不像小小说的小小说，表现出不留痕迹的虚构。

彭素虹、沈春儿的小小说，总体上看，能保持着一个稳定的水准，就像放牧一群羊。一群羊是同一个品种，但是，缺失头羊，羊群会出现什么情况？当我们提及一位作家，立刻想到的是这位作家的某一篇作品，或作品里某一个细节，对一位作家而言，所有的作品可谓一群羊，但要有一只头羊，那就是代表作，能在"一群羊"里起领头作用的一只羊。期待彭素虹、沈春儿的小小说里"跳"出一只头羊。

还有远山、吴鲁言、李慧慧等的小小说，遗憾的是一时未能收集到她们的作品。上述的作家形成了女作家群，基本属于 70 后。她们的小小说里，写鱼、写船、写井、写岛、写海、写江、写药、写花，均与人物有关。弥漫着水汽，女性的水汽，这大概是与男性作家关注和表现的不一样之处吧？

创作小小说的女作家有水汽，而缪丹的故事有骨感。这种骨感明显地区分开小小说和故事这两种文体的差异，所谓骨感，指的是故事的情节。缪丹的故事创作保持着良好的势头，尤其是讲故事的方法上有新的开拓。以往多为国际题材，2014年，她注重了中国故事。而且贴近现实生活——城乡和身份的差异。

《亲家来了》尤为典型。主人公牛精以养牛致富，他总结了儿子相亲失败的经验，针对未来的亲家是大学教授，不差钱，有品位，他发起了"塑造素质工程"去积极接轨，以缩小差距，提高品位，为儿子"增光添彩，造福子孙"。第一步，改变硬件：改变居室的装饰风格，购了复制品西洋油画。第二步，增加软件：牛精原来不下围棋，他叫围棋高手陪练，妻子原来读通俗故事，就改读文学经典（文学史、名著大全），这对夫妻为了儿子相亲成功的"恶补"实为铺垫和渲染，仅仅是牛精凭电视、想象对大学教授形象的定位做出了应急措施。情节展开到了三分之二处，"亲家来"——国庆节。其妻子张口闭口现代主义、后现代主义的词语，而牛精不敢在油画上多纠缠（说起风格、流派要露拙），他转而亮出强项：围棋。逆转之一：教授的妻子平时不看书，只是翻翻通俗故事消磨时间，牛精之妻却忍住不提对通俗故事的爱好。教授玩高雅也不过如此，牛精得意忘形，提出"让你五子算了"。（这里写出了牛精忘了相亲的目的而专注围棋的高雅。）逆转之二：亲家告辞，女方的母亲对女儿说：别浪费时间，人家档次太高咱们可高攀不起。原来，亲家，一个小学没毕业，只是大学图书馆的清洁工；一个是大学绿化管理员，被称为绿化教授。牛精一家求饶——改回去。结尾，其妻说：装什么装，真是自讨苦吃。整个故事，改变自己去接轨，发现对方竟是自己改变之前的档次，由此，形成颠覆性的效果。

缪丹的故事创作表明，故事也能够提高品位，像骨感的女模走

T台——保持着流畅的情节、节奏的动感，这简直像博尔赫斯小说《双梦记》的当下现实的通俗版。双方梦想得到对方的"宝藏"，却发现真实的"宝藏"在自身。而深层的结构模式，更似欧亨利的小说，《亲家来了》前后两个情节板块具有冲击力的反差，造成具有冲击力的逆转和意外。其实，纯文学的小说和通俗的故事，如同《双梦记》，也可相互借鉴对方的叙事策略和精神能量。两种体裁，讲好一个故事都不容易。

三、表达现实：手法、形象

说起乡村，我很自然而然地联想到习俗。毕竟，我们每一个人差不多都有一个曾经的故乡。习俗是一辈一辈生活在乡土里的人积淀下来的生存"密码"，它时不时左右着人与人之间的关系。乡村题材小小说的萎缩和乡村习俗的淡隐几乎同步，其背后，是来自整个社会运行中强劲的城市化驱动。有形的城市化逐渐过滤着无形的乡村习俗。

爱丽丝·门罗的小说，主要写小镇上的人物，某种意义上说，她一辈子都在写我们所说的乡村题材。我们的县城，骨子里仍是乡村。门罗有个创作秘诀：人物做什么是故事，而关键是看人物怎么做。人物在"怎么做"往往忍不住带出特别的习俗，这也是创作讲究的唯一性。唯有这个人才能做得出。

徐水法的小小说的人物"怎么做"饱含浓厚的习俗。三篇小小说，无意之中，有着共同的特点：均为乡村题材，主人公都为母亲。《应聘怪招》表层是关于应聘的故事，深层是关于隐私的故事。在竞争激烈的招聘中，母亲为了儿子，前往掌控者决定权的镇里第一把手那里，出示了一张二十多年前的姑娘照片，引出了一段男女隐私。

中国是个讲人情的国度，何况一个偷吃禁果的隐情，读者自然会想到母亲与他的关系，但是，母亲无奈地借用了闺蜜的隐私。意外之中的意外，徐水法悬置了结果。公事带出了私事，搅和在一起，人物自会选择，尴尬、为难就不必说了。其实，这是一个反习俗的故事，乡村习俗被欲望所击破。《高头饭和红糖茶》则是正面写习俗，在男尊女卑的农村习惯思维里，通过饮食传达出男女地位的落差，但是，母亲却不顾父亲的阻挠，再苦再难也供女儿们读书，女儿们"跳出农门"，高头饭、红糖茶的习俗，是母亲希望女儿出息的表达，而母亲仍保持克制、节俭的生活状态，女儿孝敬她的营养品，被她转手，结尾那个空瓶的细节，它的空，使我们想到母亲倒空（腾空）了自己。《九旬老母要请客》，九十高龄的母亲不习惯居住在城市儿子家，要返乡实现一个心愿：请客，报答多年前修复进出村庄的小路的石匠。那也是儿子进城的小路。作者为了加强这个心愿，还设计了一个高温天气。

三篇乡村题材的小小说，塑造了三位母亲的形象，隐含着共同的"出息"的故事，母亲是推手。可怜天下慈母心。这些年，徐水法的创作实践显示出了他的优势，就是种好城乡之间的"一亩三分地"，精耕细作。不过，其叙述语言还不够滋润。

乡村元素，除了习俗，还有家族。它们是乡村文化血脉之根。岑燮钧的家族系列小小说七题，从祖辈到父辈，每一篇写了家族中的一个人。标题所示，大多是家族里的男人，其实，着重写的是女人。男女是小说的基本关系。而稳定、维系家族的核心力量则是女人。多篇作品里，写了男人不安分，女人怎么对待如何处理？男人像风筝，线常在女人手里，有的牵得紧，有的放得松。《祖母》里，祖母不顾一切（没告诉婆婆和孩子）去丈夫酿酒坊，仅仅是跟丈夫相处，这一行动，使家里原有的秩序紊乱。为此，祖母付出了下半生的代价，同时，那行动像陈年老酒留给了儿子回味。《父亲》《五嫂》，写了两个有外遇的男人。《父亲》里，祖母将儿子跟另一个女人在外居住了六年的过错加在其媳妇的头上，父亲归来的夜晚，六年的委屈、怨恨母亲竟然不计较。当父亲教训儿子早恋，母亲冷静无语，但儿子说出了母亲的话：你没有资格。父亲的嘴角歪了，脸上抽搐了一下。岑燮钧的小小说，女人的沉默有力量。《五嫂》里，五嫂在家族里没地位，丈夫有外遇，她默默地生活，最后默默地离开。作者写了她的声音：族里这么多高嗓门的女人面前，因为她辈分低，长得内秀，不免显得低声下气，连小叔子踏死她养的小鸡，她向婆婆申诉，婆婆只一句就打发她：等他回来我揍他。她也争取丈夫跟她睡，可丈夫心在另一个女人那里。她有了痛也不出声，选择离开，却被车撞死，丈夫获赔 56 万。一个女人默默地在，默默地走。

家族轶事，也是乡村情事。《三爷爷》，三爷爷的妻子一只眼盲了，却是个明眼人。可是，不安分的三爷爷弥留之际，却伸出"三个指头"。风筝的线仍牵在妻子的手里。三阿婆拍棺哭："你好好不做人，为什么害得我难做人？"两个烧过的煤球里发现所藏的遗物：3000 元。三阿婆忍不住泪，说："你个死货！"煤球这个细节，似有残存的热量。岑燮钧把握人物相配套的细节，颇有分寸，在关键处，却简洁几笔，轻轻地放下，这与人物的形象相吻合。当前的一些作品里，逢了得意的细节，一些作者就大肆渲染，生怕被读者忽视：重重地放下，像探望病人送礼品，要引起注意。正因如此，就将细节给淹没了。

徐水法、岑燮钧的两组小小说，已自觉地摆脱了单纯讲一个故事的套路，而是重视人物，给每一个人物相配套的细节，像黑屋里点亮了一盏油灯，顿时，照亮全篇。

徐水法、岑燮钧坚持写实手法：走。而徐均生、许仙、张乃金则是飞，想象飞扬，擅长荒诞、魔幻的表现手法。许仙小小说有"仙"气。其实，走也罢，飞也罢，只是方法，小小说无论采取什么手法，最终要着陆或抵达现实。

徐均生的《说谎者说》，情节的走向是荒诞，张三跳窗自杀（始终没交代自杀的原因），领导对"我"这个目击者，提出要求，隐瞒真相：张三搞卫生，因公坠落，是为救目击者。这样，张三成了英雄，单位有了名声，家人有了待遇。这是作者建立起的第一环说谎的逻辑。随后，目击者受到领导的重视，步步晋升——第二环说谎后续的逻辑。"忽然有一天"，领导被检察官带走，竟然是为了政绩不得不让目击者说谎，第三环逻辑显然脆弱。新领导要目击者说出真相，并出示自杀者的遗书，却遭目击者的否定：将谎言进行到底。遗书怎么会专门留给新领导，而且是自杀前？第四环说谎的逻辑。最后，目击者反倒升官。结尾，目击者想：是我在救张三，还是张三在救我？第五环的逻辑。

徐均生的小小说，多为荒诞、魔幻类型。其实，这类小说要建立在文学真实的逻辑之上。《说谎者说》表层情节，环环相扣。但是，几处逻辑之环出现了松动或断裂，由此导致小小说的"失真"。

《说谎者说》在徐均生的小小说里很典型。其创作，问题意识十分执着，甚至，问题相当于"点子"，每一篇小说都抛出一个问题。而且，总是关注现实的重大问题，由大往小写。其实，小说是由小往大写，往往不是直接写出"大"。写"大"容易悬空。由此引出徐均生小小说的另一个模式化特点：对话。设置了问题，再以对话去探讨，大量的对话推进情节。情节展开（而不仅仅限于对话）的关键是要有小说意义上的逻辑来建立基础，起码要可信。记得马尔克斯为了《百年孤独》里的一个女人飞起来，颇费心思，他由晾晒的床单受到启示：乘坐飞毯升空。《西游记》那么魔幻，孙悟空有那么大的能耐，但也要驾云。这就是小说的逻辑：细节真实，使得放肆的想象可信。

许仙和徐均生不谋而合，也偏爱荒诞、魔幻，还写出够品位的小小说。只是，2014年，他的小小说，出现了相似的元素：问题和对话，或说，用一场对话诠释、演绎一个道理一个寓意。《来生做个永垂不朽的人》《上帝的标准不能降》分别提出了问题：有没有单纯行善而不朽的人？入天堂的标准能否降低？然后，人物用对话进行探讨，从而构成故事。

小小说（包括小说家族中的其他成员）是一种提出问题的艺术，而且是要提出有分量的高级问题。但小说没有解答问题的职能，并且，不可图解问题。问题隐含在形象之中，让读者去发现。许仙的两篇小小说，主体部分均为围绕着问题进行对话。对话像一个巨大的漩涡。有观念大于形象之嫌。

对话体小说——这也是小说的一种可能性。然而，小说是只摆事实而不讲道理的文体。美国作家辛格有句话："事实之树常青，而道理容易过时。"同样处理问题，周波的小小说里对话是为塑造形象、推动情节而存在。

每一位作家，写到一定的程度，会出现焦虑——突破瓶颈的焦虑。就如同孙悟空在如来佛掌心翻筋斗，一个筋斗十万八千里，以为翻出去了，却发现仍在佛掌之中——孙悟空就焦虑。其实，他已有了新意：一泡猴尿的细节。

东君的《东瓯异人》利用"库有资源"，其中有民间传说的成分。而沈志荣、陈志荣、沈海清、沈一、俞泉江、颜跃华、张以进等创作故事的作家，更多地在民间故事里吸取营养。同为故事，小说和故事两种体裁，呈现出两种特征明显的文学形态。

何为故事？故是"过去"，事是"事情"——过去的事情。但是，对待"过去"的事情，小说和故事处理的方法各异。沈志荣的故事创作已有成就，他的故事里的"事"是"情节"，更是"事故"。他注重情节的起承转合，讲究情节层面之奇、巧、悬、怪。他掌握了故事创作的秘籍。其中篇故事《病来如山倒》，写出了病来那种多米诺骨牌式的连锁倾倒。他的故事总是能写出人物某种"倒"的过程中的曲折的态势。陈志荣的《宫春疑案》以假为真，讲的是中国画史上最大的疑案，皇权一旦把赝品视为真品，那么，真品就当赝品了。揭示出历史的真相：颠倒。其中，乾隆还不断亲笔题诗文、盖印鉴，弄得画上没一点空隙，权威加强了"以假为真"。

　　沈海清是高产的故事创作者。中篇故事《玉鸟》由大运河畔古良渚文化遗址发现的现代青年男女合葬的墓穴切入，引出了五千年前一件稀世文物——玉鸟的故事。一件玉鸟，引发了国际性的寻找。得与失，展现出各种人物流动的欲望。呼应开头的意外结局：2001年的发掘，玉鸟却在合葬中的女性遗体的腹腔中。沈海清写出了具有中国文化意味的玉鸟在流传中的飞翔意象，与爱情暗合。沈一、颜跃华等也从"历史"中挖掘故事，旧瓶装新酒，以当下的视角发现了其中的新意。张以进则关注现实题材。他将小说的元素融入故事之中，由此，模糊了小小说与故事的界线，所以，他的故事，常可两头靠，一女嫁二男。这不失为一种写法。不过，靠向故事，还是靠近小小说，他面临方向性的选择。

向经典深度致敬

向经典深深地致敬（代后记）

这是一部我向经典深深地致敬之书。是我一个人视角里的经典。是有选择的部分经典。也留下了我近几年阅读的履痕。集结了我阅读的感悟。一部分已在《世界文学》《文艺报》《文学报》《中华读书报》《文学港》等报刊上发表。之前，我还不好意思把出过三本文学评论集（版权页上如是标）拿出来。

我有个不良习惯，抽香烟。特别是写作时，一根接一根地抽。要戒也得慢慢戒。我一般抽的是二三十元一包的香烟。有一次，一位挚友给我一条"中华"，还是329。我开玩笑，我是一辆在乡间土路上跑惯的车，一下子开上329"国道"，还不习惯路况。我还说，这种高档的"中华"，将我的胃口吊上去，那么，我抽平常的香烟，就会暂时没味，有个降回的问题，我得适应能上能下。不过，抽香烟和搞创作正好相反。扯到阅读，我说，阅读低档次的小说，会生出虚假的信心，我也写得出嘛，那么，写作可能在一般层面上滑行。

所以，我的阅读，总是锁定经典，起码是我认为的经典。把胃口吊上去。阅读经典，我可能达不到那样的层次，可能永远达不到，但是，我知道了努力的方向。经典是一种境界。通常说的眼高手低，而眼不高手怎么能高？怕就怕眼不高手也低，那就毫无指望了。

所谓眼高，就是明确什么是经典，即什么是好小说。眼高，还包含着敬畏。一个人可以无所谓，可以很放肆，但是或多或少得有敬畏之心。比如，敬畏自然，敬畏生命，敬畏师长。经典（作家，作品）就是我的师长（博尔赫斯称之为"先驱"）。作家的阅读就是发现自己的"先驱"的过程，由此找到自己创作合适的位置、表达、方向、境界。我阅读小说，还窥视作家的阅读背景，由此，发现其来路和趋势：从哪儿来，到哪里去？其小说世界的形态生成以及潜能。研究一位作家，除了主体的作品，我还会找来传记、书信、创作谈、读书随笔（评论），从中发现相互印证相互联系的元素。我不太在乎"帽子"——评论家给作家发明的标签，什么流派，什么主义。经典作家总是采用灵活机动的表现方式抵达存在的本真。"帽子"仅是表象。作家不会依据帽子创作。说马尔克斯和莫言"魔幻"，可他们许多小说套不进魔幻。这可不能怪作家故意为难评论家。可能是理论太贪了。

文学评论基本出自两类人：评论家和作家。由此形成评论的两种表达方式：论文式评论和叙事性评论。

论文式评论由系统的理论支撑。它端架子，像过去家族中的族长。由此，我察觉，评论的视角很要紧，是居高临下的俯视，还是促膝交谈的平视，生成的评论文本也各异。我期待的小说评论是贴近文本，揭示作家的创作潜质和可能的方向，具有可操作性和前瞻性。我偏爱叙事性评论，甚至主张像写小说一样写评论，有悬念，有趣味，活泼，可读，甚至结尾也像小说敞开着，令人深思。例如，博尔赫斯、米兰·昆德拉、安贝托·艾柯、纳博科夫和卡尔维诺以及马原的小说评论。他们本身就是作家，常采用讲座的形式——那是评论的另类。是不是把自己放进去。评论和对象融为一体。而我写所谓的小说评论，最初的出发点是为自己的小说创作服务——形成自己的小说方法，采用了小说的视角：平视甚至仰视。

搞小说评论的和搞小说创作的，都面临一个同样的考验：过

向经典深度致敬

文本阅读的关。当我们阅读小说时，我们能读出些什么？我也临时杜撰"主义"吧？我主张文本主义，细读主义，就是要重视文本和细节。

文学史所认定的经典作家，都有一个明显的嗜好，就是持有阅读的习惯和热忱。然后，写些被后人称之为评论的文字，他（她）们用独特的视角进入文本内部，而不是在文本外部兜圈子。这种阅读照亮了"先驱"的同时，也点亮了自己的写作。当然，这并不意味着作家穿了评论的鞋子，就会让评论家去找鞋。有的是鞋。各自的视角不同而已。我发现，作家的评论，对创作而言，具有可操作性。我充其量，算个忠实的读者。我生活的乐趣就是阅读和写作，这部《向经典深度致敬》，是两者结合的成果吧？我不敢摆评论的"架子"，也没那种底气。

写了几十年的小说，同步，又读了几十年的小说。确实，阅读和创作关系密切。某种意义上讲，作家写到了一定的程度，还要继续前进，决定的因素往往是阅读。阅读关注的元素，在创作中会融化进去，显示出来。同一个文本，不同作家去阅读，关注的元素肯定各异，这种关注，会体现在创作中，并决定着创作的走向。所以，写小说就得会读小说。我认为，怎么读就会怎么写。潜在的含义是，弄不好，就被经典笼罩了，所谓跳不出如来佛的掌心就是如此。我在塔克拉玛干沙漠生活过二十多年，塔克拉玛干译为进去出不来，进入经典，还能走出，就能成为"独特"。加西亚·马尔克斯就有过这样的经验。他好不容易走出了福克纳的笼罩。被笼罩，走不出，作家就"死"了。阅读中进去了——迷失，但也能在阅读中突围——走出。怎么读至关重要，哪怕是误读，但要善于细读。

我常常读些评论家的评论，包括国外的评论。我有一种感觉，有些评论家掌握着理论的套子，高高地抛出，去套小说之马。小说之马很野，套子很雅——评论家的立身之本是创造一种理论（起码能自圆其说，构成体系）。问题是，一种理论之绳不可能套住所有小说之马。小说之马可不那么温驯。甚至，有的评论家，是套住小说来证明理论之绳的正确、有效。那样，小说成了理论的注脚或论据。我会琢磨这类评论家，在抛出套子之前，如何阅读小说文本？我计较其是不是在文本外部绕，是不是进入文本内部探？不能演绎，而应归纳，因为，评论的前提是读懂文本。我这样说，可能不敬了。我没有理论底气挑剔那一类评论家的"不是"。我佩服有洞悉能力的评论家，其对文本的分析，给过我难得的启迪和惊喜，像一束阳光照进封闭的密室那样，使我看见我没发现的秘密。总之，我认为评论家起码要具备一种基本品质：发现的能力。怎么读就会怎么评。

　　阅读其实是一种发现。双向的发现。不过，主要是发现小说内部的秘密。我曾给这部书起过两个书名。一个是《当我们谈论小说时我们谈论些什么》，这是我向雷蒙德·卡佛小说致敬的方式，村上春树写跑步的经历时，也套用过这个书名，同样表达致敬。另一个是《微观小说里的秘密》。微观和宏观侧重点相对。我阅读当代小说，自以为搭着了当代世界文学主流的脉搏。在宏观主流的背景里，我在意的是从小处观探文本内部的秘密：小说元素怎么运作？细节怎么处理？人物怎么把握？语言怎么有味？结构怎么布局？等等。微观，还表示观微，观察细微之处。为了强调阅读的重点，我将"里"改为"内部"。我们不是喜欢来自内部的消息吗？责编套用了我的后记，起了书名《向经典深度致敬》，确实表达了我的本意。这部所谓的评论，分为两大板块，一是解决了经典小说，二是反思自身创作。可以说是向经典致敬的两种方式吧。

　　以此表明我的小说创作的营养来自经典，也强调创作和阅读的密切关系，所以，我怕"向经典深深地致敬"。

　　作家写小说，总是试图达到唯一性或独特性。有位著名作家曾说："作家是从黑屋逃出来唯一的报信的人。"那么，能否给评论家这样定位：是从文本跑出来传报"内部"消息的唯一的人。